ABBOZZO D'UNA FILOSOFIA DELLA DIGNITÀ UMANA

Paul Gille

INTRODUZIONE

IL SOFISMA ANTIIDEALISTA DI MARX

«Nella produzione sociale della loro vita, dice Carlo Marx, gli uomini accedono a rapporti determinati, necessarii, indipendenti dalla loro volontà; rapporti questi di produzione, i quali corrispondono ad un grado determinato della evoluzione delle forze produttive materiali. La struttura economica della società è costituita dall'insieme di questi rapporti di produzione, i quali formano la base reale su cui si eleva la superstruttura giuridica e politica, cui corrispondono determinate forme della coscienza sociale. Il modo di produzione della vita materiale condiziona il processo della vita sociale, politica e spirituale, in generale. Non è la coscienza degli uomini che determina il loro essere, ma, per converso, è la esistenza sociale che determina la loro coscienza».

È questo, come si vede, un negare alla forza morale ogni funzione nella determinazione degli avvenimenti umani. I sentimenti, le idee, l'ideale, non hanno alcuna efficacia propria, alcuna influenza reale nella vita; non sono che le apparenze illusorie d'un determinismo materiale sul quale non esercitano alcuna azione. È l'interesse, l'interesse materiale, l'interesse economico, che guida il mondo.

È la tesi che ha fatto fortuna sotto il nome di concezione materialista della storia. – È questa tesi che un gran numero di pappagalli, con gli occhiali o senza, ci ripete senza posa da un mezzo secolo di germanizzazione del socialismo. È questa che Engels, l'alter ego di Marx, riassumeva così:

«Le cause determinanti di questa o quella metamorfosi o rivoluzione sociale, non devono ricercarsi nelle teste degli uomini..., ma nelle metamorfosi della produzione e dello scambio».

Esaminiamo quanto vale questa affermazione.

* * *

Notiamo subito che essa si basa su una metafora, su una metafora sostituita alla realtà, e sulla quale si ragiona come se si trattasse della realtà stessa. Infatti non esiste una sovrastruttura sociale. Questa non è che una espressione metaforica e metafisica, una fantasia gratuita ed arbitraria, che suppone precisamente, con una petizione di principio, quello che si tratta di dimostrare: la nullità dell'ideale e la divinità della materia.

Basta aprir gli occhi alla realtà per veder svanire questo miraggio. Quello che ci mostra in effetto il mondo sociale, è un'armonia organica dove le idee, lungi dall'apparire come un caput mortum, come un elemento morto, senza realtà, appaiono al contrario, come un elemento vivente di vita propria, come una forza autonoma, dappertutto presente ed attiva.

Certo, l'uomo non è puro spirito, e le sue idee, come i suoi sentimenti subiscono largamente l'influenza dell'ambiente materiale in cui egli si evolve, del regime economico sotto cui vive. Ma per quanto profonda, per quanto notevole sia quest'influenza, essa non è esclusiva, non è onnipotente. «L'uomo non vive di solo pane». Vi sono altre relazioni oltre quelle economiche. Vi sono altri bisogni, oltre i bisogni materiali. E se l'uomo è, come l'hanno chiamato, «figlio della bestia», la sua natura è tuttavia lontana dalla semplicità del bruto, che giustificherebbe – sino ad un certo punto – la tesi materialista. La sua natura è complessa. Vicino ai suoi bisogni materiali, egli ha dei bisogni affettivi e dei bisogni intellettuali. Gli uni e gli altri intervengono – o possono intervenire – nelle azioni con cui l'uomo reagisce all'ambiente e che testimoniano del suo grado di elevazione nella scala della vita.

Questo, perchè l'uomo non è un «semplice animale egoista». Egli è socievole per natura; nasce socievole come tutti gli animali bissessuati e diviene così sempre più sociale, vale a dire suscettibile d'altruismo e di egoismo nello stesso tempo.

Inoltre egli è dotato di ragione, vale a dire della facoltà di ragionare, di concepire delle astrazioni e di coordinare le sue idee astratte.

E da questa triplice natura dell'uomo derivano, nella condotta e nella attività umana, tre ordini di moventi: moventi egoisti, moventi altruisti, moventi impersonali o ideologici.

Idee pure? Ragione pura? No: noi lasciamo questo ai metafisici! Ma dinamica cerebrale. «Dopo i sapienti studi del Fouillée e del Tarde, non è più permesso d'ignorare che le idee sono forze, e le immagini suggestioni pressochè ipnotiche».

* * *

Questa vita e questa attività autonoma delle idee, possiamo, checchè ne dica Marx, constatarle prima di tutto nel campo economico: in quelle relazioni economiche che Marx dichiara indipendenti dalla volontà degli uomini.

«Un fenomeno economico, dice molto giustamente G. De Greef, non è un fenomeno puramente materiale». E precisa:

«I fenomeni economici che, d'accordo colla scuola di Marx, considero come fenomeni fondamentali della struttura e della vita collettiva, implicano elementi ideologici». E, precisando ancora, aggiunge: «Dal momento che un fenomeno è sociale, non è mai puramente materiale».

Niente di più vero; ed è tanto vero che Espinas ha potuto dire, nel suo ammirabile libro su «Le società animali», che una società è un «organismo d'idee», e che Eliseo Reclus, in Evoluzione e Rivoluzione, ha potuto dal canto suo scrivere con ragione: «È il succhio che fa l'albero; sono le idee che fanno la società. Nessun fatto storico è meglio constatato di questo».

Dopo tutto ciò che cosa diviene l'affermazione di Carlo Marx che nega nelle relazioni di produzione, la funzione della volontà? Non è forse vero che sono stati confusi una volta di più fatalismo e determinismo?.... Fatalismo: vale a dire concezione semplicista della causalità. Determinismo: vale a dire negazione dell'assolutismo e dell'arbitrario nella natura, concezione complessa, concezione sintetica dell'eziologia dei fenomeni.

Il semplicismo economico, il semplicismo materialista di Marx, è tanto falso, tanto assurdo quanto il semplicismo degli idealisti puri. Negando la causalità della coscienza e della volontà, esso disconosce questa verità biologica elementare che l'uomo, essere vivente, non è puramente passivo, che è dotato d'attività, di movimento proprio, d'iniziativa; esso disconosce questa verità psicologica, che ogni azione cosciente è un fatto complesso, in cui interviene, come sorgente, come fattore efficiente, il fattore personale, il fattore psichico; esso disconosce infine questa verità sociologica, che la vita sociale riposa sulla psicologia collettiva, dalla quale emana, per così dire, come un fiore dal suo stelo.

Al contrario, riconoscere, col buon senso, la parte, per quanto minima essa sia, che l'ideazione e il pensiero personale hanno nella determinazione degli ordinamenti umani, è negare la fatalità dei fenomeni economici, è rovinare dalla base il sofisma antiidealista di Marx, è rendere alla volontà ragionata dell'uomo la sua dignità e i suoi diritti.

* * *

Sia pure! ci si dice. Il materialismo rigoroso, il materialismo puro, è un errore.

Ma non è lo stesso dell'economismo. Certo, le idee hanno la loro indipendenza relativa e la loro funzione autonoma nella produzione dei fenomeni economici; ma una volta che questi siano stati prodotti, gli altri fenomeni sociali, gli altri fenomeni collettivi, non sono più che l'accrescimento fatale, la conseguenza automatica di quelli. È dal modo di produzione della vita materiale che risulta il processo sociale, politico e intellettuale della vita. «Le cause determinanti di questa o quella metamorfosi o rivoluzione sociale non devono essere cercate nelle teste degli uomini.... ma nella metamorfosi della produzione e dello scambio».

Così il problema si sposta, ma resta il medesimo. Si tratta di sapere se il movimento proprio delle idee limita i suoi effetti alla «struttura economica della Società» e se, per conseguenza, tutto il resto, tutto «il processo sociale, politico e intellettuale della vita», non è che «un riflesso mentale» della realtà economica, un miraggio che ricopre questa realtà, se l'indipendenza relativa del pensiero e dell'azione non persiste in tutti i campi della vita. Se tutte le idee dell'uomo non sono, in ultima analisi, che idee «interessate», dopo aver rigettato il fatalismo materialista, dovremo alla fine risolverci ad ammettere il fatalismo economico?

Questo è il problema che, non più l'interpretazione materialista, ma l'«interpretazione economica della storia» sottopone al nostro esame.

* * *

«È dannoso, dice Pascal, il far troppo vedere all'uomo quanto egli assomigli alle bestie, senza mostrargli la sua grandezza; è ancor più dannoso fargli vedere la sua grandezza senza la sua bassezza; ed è più dannoso ancora il lasciargli ignorare l'una e l'altra cosa. Ma è molto vantaggioso rappresentargliele entrambe».

Non è forse un assomigliare l'uomo al bruto il crederlo incapace di elevare il suo pensiero al di sopra degli interessi materiali suoi e di quelli del suo gruppo?

Non è un togliergli la sua grandezza – la sua grandezza naturale fisiologica innata – il negargli l'attitudine alle idee astratte, alle idee superiori che fanno la dignità della sua specie, o il trattare queste idee come vane illusioni?

Sì, l'uomo è un animale, e, come tale, sottomesso, lo sappiamo anche troppo, a tutte le esigenze, a tutte le necessità fisiologiche della vita animale; ma è anche un essere pensante, un essere dotato di coscienza e di ragione, capace di concepire e di volere il giusto, in tutti i campi, in tutta l'estensione del termine. Avere un ideale – un'idea astratta, un'idea sintetica di giustezza e di giustizia, ecco quel che costituisce la nobiltà e la superiorità umana.

Molti degli esseri umani, ohimè! è vero, non sono uomini, non sono ancora che antropoidi, scimmie perfezionate; non s'interessano alle idee astratte che per quel tanto che esse li riguardano. Ma questi ritardatari dell'evoluzione, questi esseri minori in cui sonnecchiano ancora le virtualità umane, sono appena delle larve d'umanità e non sono essi che fanno la storia umana.

Quelli che la fanno questa storia, in tutti i campi, quelli che creano l'avvenire, sono gli uomini animati da un'idea, un'idea astratta tanto più possente, quanto più è sintetica e giusta. L'idea, checchè ne dicano i marxisti, guida il mondo.

Idea astratta; ma non entità metafisica, non elucubrazione senza legami con la realtà: idea vivente, ideaforza che dipende dalla fisica universale e ne subisce le leggi. Per quanto grande sia la sua potenza motrice, l'idea non gode di nessun privilegio soprannaturale. Realtà fisica, essa non si sottrae, per quanto alta e giusta sia, alla pressione dell'ambiente, e non si tratta affatto (intendiamoci bene) di passare da un semplicismo ad un altro e di sostituire con un assolutismo idealista l'assolutismo materialista di cui abbiamo riconosciuto la vacuità.

* * *

Le idee subiscono dunque la pressione delle condizioni economiche. E questa pressione, è ordinariamente tale che si può dire che, nel suo insieme, la vita collettiva ne dipende. Essa ne dipende, ma non ne deriva come da una sorgente. Questa resta, checchè ne dica Engels, «nella testa degli uomini». E noi possiamo vedere in tutti i campi della vita l'indipendenza relativa delle idee dalle condizioni economiche manifestare i suoi effetti.

Nella vita politica, prima di tutto, non vediamo noi spesso, nel corso della storia, le agitazioni sfrenate dei partiti e perfino i colpi di Stato non escludere la coesistenza di un regime economico perfettamente stabile? E si troverà mai uno storico coscienzioso che cercherà di ricollegare ogni avvenimento politico della vita di una nazione ad una causa economica di cui sarebbe la conseguenza fatale?

Perchè? Perchè gli uomini e i partiti non lottano solamente per ragioni economiche ma per cause sentimentali e intellettuali, con cui l'interesse materiale non ha niente a che vedere. Quando Marx ed Engels, per esempio, affermano nel loro Manifesto dei comunisti, che la libertà di coscienza, alla sua comparsa sulla scena politica del mondo, non fece «che proclamare nel dominio del sapere il regno della libera concorrenza», dimenticano che, qualunque siano, sociologicamente, i rapporti organici che legano i due fenomeni e li solidarizzano, non è meno vero che nulla permette di subordinarli l'un l'altro, di stabilire tra loro un rapporto di causalità, piuttosto che farli dipendere da una causa comune. E infatti non è forse proprio questa «ideologia» tanto spregiata dal materialismo marxista, che si rivela all'analisi come la causa comune dei suddetti due grandi fatti storici concomitanti, ma indipendenti l'uno dall'altro, tanto indipendenti l'uno dall'altro quanto due foglie di uno stesso albero, due germogli d'uno stesso ceppo? Inoltre questa indipendenza reciproca del fatto politico e del fatto economico è così patente, così reale, che si vedono molti uomini e gruppi di uomini, senza alcuna inconseguenza, subire l'ascendente di una delle cause e rigettare l'altra, mostrarsi, per esempio, fermi sostenitori della libertà di coscienza e, nello stesso tempo, implacabili avversari dell'individualismo economico. È chiaro, infine, che, se la psicologia collettiva che si traduce in queste idee e in questi fatti, è, senza dubbio, in parte, il risultato di interessi economici, essa deriva certamente, per molt'altra parte, da fattori intellettuali e morali assolutamente al di fuori delle questioni di produzione e di scambio.

Nessun uomo sensato pretenderà certo che tutti i «liberali», tutti i partigiani delle libertà politiche, siano divenuti tali sotto la spinta di interessi materiali; nessuno sosterrà che non esistano tra loro – e in gran numero – uomini il cui atteggiamento è dettato dall'ideale stesso, da alte preoccupazioni di idee, filosofiche e morali, indipendentemente da qualsiasi cura o influenza d'ordine economico.

«Se dei negri o dei coolies cinesi, dice il Menger , lavorassero nelle fabbriche tedesche, una democrazia socialista non sarebbe mai nata, anche supponendo riunite tutte le previe condizioni dell'ordine economico». Che significa ciò se non che l'economismo è un determinismo semplicista, che se le circostanze economiche sono spesso condizione di un fenomeno politico non lo necessitano nè lo producono, e che non sono esse, ma lo stato mentale, lo stato psicologico di coloro che agiscono, che ne sono, in ultima analisi, il fattore efficiente?

* * *

Le circostanze economiche non bastano inoltre a spiegare le filosofie, le morali, le religioni.

Le religioni, queste filosofie infantili, sono lungi dall'essere, come vogliono i marxisti, un puro «riflesso» della situazione economica; esse non sono semplicemente una consolazione ingannevole, una «nebbia» che nasconde la realtà della vita materiale; e il sentimento religioso è ben altra cosa, in verità, che «il bisogno economico invertito» che cerca in un al di là immaginario le soddisfazioni che gli mancano su questa terra. È questa una concezione molto povera, ingenua e semplicista della genesi e del carattere delle religioni. Queste sono sopratutto, in realtà, dei tentativi di spiegare l'universo e i suoi fenomeni, dei saggi anticipati di cosmologia, dei prodotti, delle manifestazioni del bisogno di comprendere, del bisogno intellettuale sintetico, del bisogno filosofico che caratterizza l'uomo e l'eleva al di sopra dei suoi progenitori animali. Il volere che la loro «ideologia» non sia che l'effetto della vita materiale, è veramente un abusare del paradosso; è veramente un torturare la dialettica e il buon senso. Come pretendere, per esempio, che la predicazione di Gesù di Nazareth o quella di Bouddha Sakia Mouni, non fu che il risultato d'una rivoluzione tecnica, d'una «metamorfosi della produzione e dello scambio?». Come pretendere che tutti i dogmi cattolici, proclamati nel corso della storia religiosa del nostro Occidente europeo, non siano stati che il prodotto fatale e il riflesso della sua storia economica? Tutta la sottigliezza sofistica degli interpreti di Marx avrà un bel da fare; non giungerà a tenere in

9

piedi o a palliare questa assurdità: la spiegazione economica delle religioni e delle filosofie.

E se le circostanze economiche non bastano a spiegare le filosofie e le religioni, come potranno spiegare le concezioni giuridiche e morali? Queste sono, checchè se ne possa pensare, sotto la dipendenza di quelle. E se queste non sono in tutto e per tutto create da quelle, ne attingono però una buona parte dei loro elementi; e sarebbe difficile, per esempio, concepire il diritto divino senza la religione, come sarebbe difficile concepire una morale veramente umana, una morale umanitaria e senza dogmi, al di fuori d'una cosmologia, al di fuori di una concezione sintetica che la giustifichi e l'inspiri. Non è forse tutta una filosofia, tutta una concezione dell'universo e nello stesso tempo dell'uomo, che si afferma nel nostro ripudio dell'assolutismo e dell'arbitrario, in questa morale di dignità umana, ove già si vede la parola d'ordine dell'avvenire?

* * *

Non solamente l'economia non spiega le concezioni giuridiche e morali vigenti, che dipendono dalla filosofia, che ne derivano consciamente o inconsciamente, ma sono invece le concezioni giuridiche e morali che danno la chiave del regime economico su cui dominano. Bisogna invertire i termini del rapporto stabilito da Marx. Incontestabilmente, nel mondo umano, la concezione cosmologica, la concezione giuridica, la concezione morale, che risultano, derivano l'una dall'altra, precedono e determinano, governano l'organizzazione economica e sociale di cui sono l'anima.

È anche falso dire, con la versione marxista degli Statuti dell'Internazionale, che riassume così nettamente l'errore di Marx ed il suo punto di vista metafisico, che «la soggezione economica del lavoratore ai possessori degli strumenti da lavoro è la causa prima della sua servitù in tutte le sue forme». Questa «causa prima» non è affatto prima. Essa ha la sua origine in una concezione giuridica, nella concezione della proprietà, ed è questa – basata a sua volta su un errore filosofico: l'illusione assolutista, l'illusione della creazione autoritaria – che le dà forza e vigore, che le dà la forza morale senza la quale ogni regime economico è un corpo senz'anima e senza vita. La vera causa, non prima, ma efficiente, di ogni servitù sociale durevole sta nello spirito che la giustifica, nella ragione deviata, illusa, che la sostiene e le dà forza di vivere.

Cause prime non ce ne sono. Non ne esistono qui più che in alcun altro campo. Noi non sappiamo che farcene di questa vana metafisica. E la superstizione materialista di Marx vale ai nostri occhi la superstizione contraria, l'idealismo puro, che egli combatte così aspramente.

Certo, è vero: non vi sono realizzazioni ideali, senza base materiale propizia. Ma questa è soltanto la condizione, non è la causa, la forza motrice dell'atto. Bisogna non confondere. Invece il marxismo fa proprio questo: confonde condizione e causa.

La forza motrice dei nostri atti è in noi: è nei bisogni diversi della nostra natura.... Ma qui si insiste ancora e si torna alla carica. Bisogna vivere, ci si dice, prima di filosofare. Primum vivere; deinde philosophari. Senza dubbio, se filosofare significa fare della metafisica; ma niente affatto, se significa cercare quello che è giusto. Si vive, siamo d'accordo, prima di ragionare. Ma il giusto, il giusto sotto i suoi aspetti multipli, non è forse la legge medesima della vita, la legge medesima della forza? E l'essere animato, qualunque esso sia, anche il più incosciente, non subisce forse questa legge e non ne ha l'istinto?

Questo istinto è il germe della forza morale; è il germe della dignità umana. Il solo fatto della sua esistenza fa dell'amoralismo materialista una aberrazione e un non senso.

PARTE PRIMA
IL PROBLEMA DELLA LIBERTÀ

I.

IL PROBLEMA.

Un certo numero di eletti ingegni crede che i tempi nostri abbiano decisamente superata la vecchia idea di libertà.

La scienza e la filosofia scientifica hanno fatto rientrare l'attività umana nella relatività, nella dipendenza universale e nell'universale determinismo. E nihilo nihil. Niente si crea dal niente. Ogni fatto ha una causa efficiente: i nostri atti di volontà come tutto il resto.

L'influenza determinatrice dell'ambiente è stata proclamata; la legge universale dell'adattamento è stata accettata, – fino al punto di servire di concezionemaestra, d'ideamadre a questa interpretazione agnostica e assolutista, – fatalista, – della vita universale e dell'eterno movimento delle cose: l'evoluzionismo di Herbert Spencer.

Il metodo sperimentale – questo «riconoscimento pratico della legge d'adattamento» – ha trionfato fino al punto che, passando la misura, esagerando il principio, cadendo nel vecchio semplicismo sensualista, si è preteso ridurre al «metodo obbiettivo» e al puro empirismo tutto il lavoro delle idee e del pensiero umano.

La personalità non fu più concepita che come il prodotto fatale dell'ambiente sociale e di quello ereditario.

La volontà non fu più che la manifestazione, l'emanazione, l'apparenza d'una forza superiore.

E, mentre veniva riabilitato l'atomismo antico, che non vede in tutti i nostri movimenti «morali» e «fisici» che una meccanica di atomi, si sono visti rinascere, sotto forme ringiovanite e rimodernate, qui il fatalismo pessimista di Buddha, e là delle varianti del dinamismo stoico.

Orbene, se nel vasto movimento di critica che, in mezzo a questa fioritura, ha caratterizzato il periodo di tempo che sta volgendo al suo termine, ci si domanda che cosa è divenuta l'idea della libertà umana, della libertà reale, sembra veramente a prima vista che essa sia stata definitivamente sommersa e che non ne debba restar niente nella nuova comprensione delle cose che si elabora attorno a noi e che sarà la filosofia scientifica di domani.

Infatti si ha un bel voler «distaccarsi dal mondo»; si ha un bel voler trincerarsi nell'indifferenza scettica o nell'impassibilità e nella superiorità stoica; si ha un bel tentar di liberarsi attraverso l'amoralismo: la libertà così concepita non è che una chimera metafisica: ed invano asceti e «uomini liberi», «olimpici» ed «egoisti» penserebbero sfuggire alla fisica universale!

Bisogna dunque ritornare all'Ananke antica? Bisogna ritornare al fatalismo orientale? E l'ultima parola della scienza sarà proprio la Fatalità?

A tutta prima parrebbe che si vada a finire precisamente a cotesto punto.

«Cose tra altre cose», senza autorità propria, senza altro potere che quello che ci conferisce la natura sovrana, non siamo, noi, in realtà, i trastulli del Destino, le vane apparenze d'un a priori assoluto, creature, schiavi e strumenti d'una indefettibile e ineluttabile necessità?

E se tutto accade così per una necessità fatale; se è vero che il presente è figlio del passato, come è padre dell'avvenire, senza che vi siano novità possibili; se nessun'altra ambizione, nessun altro ideale può, senza illusioni, animarci all'infuori di quello di compiere, sotto l'impero assoluto, sotto l'autorità infrangibile d'una eterna fatalità, un impulsivo e meccanico destino d'automi naturali, il saggio non deve forse, spogliandosi d'ogni orgoglio, sapere, vegetale pensante, limitare le sue speranze alla sola «gioia di vedere e di sapere?».

Che senso ha quindi questa parola di «libertà» che è, per tante anime, come la parola magica, la parola delle speranze supreme, l'espressione più alta della nostra dignità naturale e del desìo permanente di tutto il nostro essere? La «libertà» sarà dunque una parola vuota di senso, che la scienza, – questa «lingua ben fatta», – dovrà da ora in poi inesorabilmente bandire dal suo vocabolario?...

Noi abbiamo visto, in realtà, molti scienziati e pensatori raccogliersi intorno al nuovo dogma fatalista, e dichiarare altamente che «l'idea di libertà non è che un'ipotesi senza fondamento scientifico e che non merita nessun rispetto» .

Una teoria del fatalismo ha visto la luce sotto la penna d'un filosofo di valore.

Ed abbiamo potuto leggere, scritte da un uomo che fu a suo tempo uno dei più brillanti campioni della libertà umana , queste linee scoraggianti:

«....Tutti quanti noi, così fieri della nostra pretesa indipendenza, siamo in realtà lo zimbello inerte della nostra organizzazione ereditata, delle circostanze di cui abbiamo risentito l'azione, della razza e dell'ambiente; ed i nostri vizi, come le nostre virtù sono dei prodotti necessari, nè più nè meno che lo zucchero e il vetriolo. Gli individui e le società muovono verso la loro fine con l'ineluttabile fatalità della pietra che cade o degli astri che girano in aeternum gli uni attorno agli altri.... Voi vi credevate molto forti e induriti fino alle midolla, e superiori, in ragione dell'energia del vostro carattere, del raffinamento della vostra educazione, della profondità della vostra esperienza, a tutte le debolezze umane; vi immaginavate d'aver messo una triplice corazza di rovere e di bronzo attorno al vostro cuore; avevate perfino, nell'impertinente serenità del vostro orgoglio di indifferenti nauseati di tutto, sorriso di compassione o di disprezzo pei poveri diavoli che soccombono...

«Ma non avevate pensato alla forma del vostro cranio o alla composizione chimica del vostro cervello. Non avevate pensato al granellino d'atavismo che sonnecchiava in una misteriosa sinuosità della vostra sostanza grigia, e che un bel giorno un soffio, un'eco, uno sfioramento, un fermento indistinto d'amore o di odio, il lampo magnetico di una pupilla ammaliante, un colpo di febbre, un malefizio inesplicabile, un nonnulla insomma basterà a risvegliare, scatenando gli ardori latenti, bruciandovi il sangue di ebbrezze e di rabbie insospettate, sconvolgendo da cima a fondo la vostra intellettualità e la vostra esistenza, e, finalmente, gettandovi corpo ed anima in abissi sconosciuti, trionfo o follia, disonore o gloria, inferno o paradiso....».

Così dunque la questione si pone nettamente: Essere o non essere! Si tratta di sapere se noi siamo qualche cosa, – se esistiamo per qualche cosa, o se non siamo niente, nient'altro, in ultima analisi, che una cosa inerte e passiva, – nella vita universale e nel corso delle cose.

Abbiamo noi o non abbiamo, secondo l'espressione di Pascal, «la dignità della causalità», il potere d'iniziativa?

Siamo noi, o possiamo divenire, esseri liberi?

E se questa parola di «libertà» non è parola vana, se l'ideale incoercibile che essa esprime non è un'illusione e una lusinga, a che cosa di reale può essa corrispondere di fronte ai dati incontestabili della scienza e della filosofia scientifica?

Questo è, nella sua sostanza, sbarazzato di ogni fraseologia metafisica con cui spesso è stato reso così oscuro, questo problema massimo, questo problema vitale della libertà, che da tanti secoli si agita e della cui soluzione, oggi più che mai, v'è imperioso bisogno.

II.

IL FONDAMENTO COSMOLOGICO DELLA LIBERTÀ.

Questo problema, come ha scritto molto giustamente Alfredo Fouillée, «non è solamente un problema filosofico, ma è, per eccellenza, il problema filosofico. Tutte le altre questioni si riattaccano ad esso».

Fissiamo anzitutto la questione prima, essenziale, il grande problema umano: la spiegazione e la natura dell'universo e della vita, la concezione del principio di causalità.

Noi non ci arresteremo all'ipotesi ingenua della creazione divina e dell'arbitrio soprannaturale. Eliminata progressivamente, nel corso dello sviluppo storico, dalla coscienza crescente dell'immutabile naturalità dei fenomeni, la superstizione teologica si risolve, nel suo ultimo stadio, nell'idea assurda, contraddittoria, d'un Io infinito, – inconciliabile antinomia, poichè l'«io» non si comprende che limitato dal «non io», – ed ormai porta così in se stessa la propria irrevocabile condanna.

Ma la fine dell'ingenua idea dell'autorità divina non è la fine dell'assolutismo e del fatalismo; e l'illusione autoritaria riappare, in nome della ragione ragionante, nella cosmologia e nella filosofia semplicista dei metafisici, che deviano alla ricerca della causa prima.

Materialisti, spiritualisti, agnostici, tutti in realtà, sotto ammanti diversi, arrivano, in ultima analisi, alla superstizione della Forza. È questa (il Conta l'ha messo in luce assai nettamente), la caratteristica del pensiero filosofico dell'ultimo secolo. Le entità sostituiscono le divinità, e al regno e all'autorità di Dio succedono, in fin dei conti, la autorità e il regno di questa entità suprema: la Forza.

Semplice rapporto d'energia, maniera d'essere relativa d'un movimento, semplice qualità, la forza diviene, per astrazione, una realtà in sè.

È un fatto assai familiare a tutti i cervelli infantili.

Un giorno uno di quei palloncini da ragazzi che fanno la gioia effimera di tutti i bimbi, era sfuggito alla mano inesperta che lo teneva, e dopo essersi elevato pesantemente, si librava, appena fuori di portata, col suo lungo filo pendente sotto di lui. Mio figlio, bambino ancora in gonnelle, nell'età in cui tutto è miracolo, lo guardava stupito, meravigliato di non vederlo elevarsi di più: «È il peso del filo, gli spiegai, che lo trattiene. – Sì, ripetè il mio bimbo, fiducioso nell'esperienza del suo babbo, è il peso del filo...». Poi, dopo aver pensato un istante: «E dov'è il peso del filo?».

Eccola «la Forza» dei metafisici, la forzaentità!... È il «peso del filo», astrazione sostantivata, qualità divenuta entità, qualificativo elevato a sostantivo e idolo con la maiuscola.

L'idolo, così creato da una «malattia del linguaggio», secondo la significativa espressione di Max Müller, dall'astrazione e dall'immaginazione metafisica, diviene la causa prima del mondo, la ragione ultima di tutto, la madre eterna e immutabile delle cose.

Noi siamo, quindi, i trastulli di una fatalità eterna. Checchè facciamo, un Destino implacabile ci governa: un Fato infrangibile regge l'universo, una Causa unica determina i fenomeni e una «inesorabile Necessità» stende il suo dominio su tutte le cose. Il determinismo fatalista, il predeterminismo, è l'espressione adeguata, il corollario logico, del regno e dell'autorità della Forza, immanente o trascendente.

Ma la Forza, principio assoluto, principio eterno ed immutabile della natura e dei mondi, non è che un'illusione, un miraggio metafisico.

La forza, per il fisico, per il monista cosciente dell'unità fisica del mondo, non è un assoluto, una realtà in sè, una «causa»; è un rapporto momentaneo, un'astrazione matematica che esprime un valore relativo di movimento, una relazione di fenomeni. Il famoso principio di permanenza della forza, – che è tra l'altro, come si sa, la base di tutta la filosofia di Spencer, – non è che un sofisma verbale, che riposa sulla confusione e l'equivoco.

Se noi usciamo dal verbalismo e dalla logomachia per metterci dal punto di vista realistico e scientifico, vediamo che la forza, qualità concreta di un fenomeno, si crea, nasce, si sviluppa e muore con questo; che essa è, in una parola, contingente e variabile, come tutto ciò che appartiene al dominio del relativo, del «temporale», al «mondo ondeggiante e diverso delle realtà».

All'infuori di questo la forza non è che un'espressione algoritmica, un'astrazione, una parola.

Dire che la forza è permanente, eterna, immutabile in sè, equivale a dire: la grandezza, la piccolezza, la velocità, sono permanenti, eterni, immutabili in se stesse, – espressioni che non hanno, in realtà, alcun senso.

* * *

L'errore fondamentale di questa teologia della Forza, di questa deificazione della quantità, risiede nell'illusione pitagorica, il feticismo del Numero, in questo realismo aritmetico che disconosce la immensità della natura, nega in realtà l'infinito e fa del matematicismo l'essenza dell'universo.

Ma davanti alla nozione dell'infinito, davanti a questa nozione indefettibile che fa la gloria e la grandezza del pensiero umano, tutta la fantasmagoria suddetta, tutta quella cosmologia ontologica e assolutista rovina e svanisce.

Che cos'è la quantità, la nostra quantità, di fronte all'infinito? Qual'è il suo valore reale, se uno si pone dal punto di vista naturalista, che è quello del pensiero moderno e della filosofia scientifica?

La quantità comprende forse tutta la realtà? e il mondo, il nostro mondo, è forse adeguato all'intera natura?

Certo «tutti i tentativi per determinare le condizioni dell'emergenza dei fenomeni fisici al di fuori dei limiti di spazio e di tempo sono tanto vani quanto (per usare la felice espressione di Sir William Hamilton) il tentativo dell'aquila per uscire dall'atmosfera in cui si libra, e che sola può sorreggerla». Ma se i nostri sensi e la nostra immaginazione non possono uscire dal mondo e dalla quantità, dal tempo, dallo spazio e dal numero, che sono loro e nostri, non è meno vero che noi sappiamo essere la realtà naturale senza limiti; che essa non si limita nè si misura alle nostre rappresentazioni, nè alla forme, alle apparenze ed alle qualità con le quali le percepiamo.

L'infinito della natura è un assioma incontestabile. È, come dice Stallo, «l'espressione della relatività essenziale di tutte le cose materiali e delle loro proprietà»; è «la base di tutte le relazioni che costituiscono l'attualità sensibile»; è «il fondamento di tutte le azioni e forme materiali».

«Se l'universo, ha scritto il dottor Hubert Boëns, fosse finito, limitato, in virtù dell'attrazione che lo regge non formerebbe che un blocco inerte, immenso, oscillante o ruotante nel suo recinto limitato» – o piuttosto tutto sarebbe immobile e morto, poichè l'equilibrio assoluto si sarebbe forzatamente e immutabilmente stabilito.

La nozione dell'infinito è dunque una nozione necessaria, naturale e razionale.

Quindi se noi poniamo, con lo Stato, «la questione di sapere se noi abbiamo il diritto d'applicare all'Infinito i concetti logici e le formule matematiche basate sulle condizioni dell'esistenza finita, e di trattare il mondo illimitato come un sistema meccanico definito, e la sua energia come una quantità costante», la risposta è chiara:

«Le operazioni (come dice benissimo lo Stallo) in cui il termine infinito è trattato come i termini finiti, sono tanto illegittime in fisica quanto in matematica». Quello che è vero di ogni sistema finito, qualunque sia la sua estensione, non è vero di una realtà naturale assolutamente illimitata. «Nè la legge della conservazione dell'energia, nè quella del suo disperdimento possono esserle legittimamente applicate.... Noi non possiamo trattare l'infinito come una cosa fisicamente reale (corporale), perchè la realtà fisica definita è coestensiva con l'azione e la reazione; e le leggi fisiche non possono esserle applicate perchè esse sono delle determinazione dei modi dell'interazione tra corpi finiti, distinti» . La natura infinita non è un corpo distinto, e non vi sono corpi all'infuori di lei con cui esso possa avere interazione.

Questa nozione dell'infinito basta ad annientare tutte le fantasie assolutiste, tutte le concezioni limitate, autoritarie e fataliste della vita universale.

«Espressione della relatività essenziale» di tutte le cose, essa è la negazione dell'assoluto. Tutto appare quindi «in rapporto», contingente, relativo e variabile.

L'unità matematica stessa, la base di ogni misura, la trama stessa delle nostre percezioni d'intensità, di estensione e di durata, delle nostre nozioni di forza, di spazio e di tempo, cessa di essere una realtà in sè, un assoluto della grandezza, per divenire una fissazione organica, una risultante fisicopsichica, relativa e contingente, dipendente dalla nostra coordinazione cosmica e dalla nostra fisiologia.

L'assolutismo matematico svanisce. La cornice che tutto chiudeva si spezza, e ai due poli dell'infinito, quello della grandezza e quello della piccolezza, nell'abisso macrocosmico e nell'abisso microcosmico, noi vediamo da ogni parte del mondo la via aperta al nuovo.

Da questo al di là infinito, ma non soprannaturale, da questa immensità d'energia, da questo abisso insondabile, può sempre sorgere nel mondo un elemento nuovo, – nuovo per il mondo, per questo mondo, – un elemento che cambi l'orientamento, la direzione delle cose e venga a rompere la catena del predeterminismo e della fatalità. Nella vita dei mondi, in quella del nostro universo come in quella del più infinitesimale microcosmo, c'è sempre posto per la novità, per l'innovazione, per il caso e l'accidentale.

Tutte le palingenesi, tutte le teorie dell'eterno ritorno, appariscono come errori ed il progresso reale diviene possibile. Noi sfuggiamo al pregiudizio matematico che faceva dire a Lucrezio: eadem sunt omnia semper, a questo semplicismo deprimente che faceva dire a Tyndall: «La legge universale della fisica è la generalizzazione inattesa dell'aforisma di Salomone: niente di nuovo sotto il sole... L'energia della natura essendo una quantità costante, tutto quello che l'uomo può fare nella ricerca della verità fisica, o nelle applicazioni delle scienze fisiche, è cangiar di posto alle parti costitutive d'un tutto che non varia mai, di sacrificarne una per produrne un'altra».

No! La natura infinita non si può assomigliare ad un totale, a un tutto unico, in cui le sole combinazioni e le sole forme cambiano e in cui non c'è che del vecchionuovo; dove la «legge di compensazione» è la legge suprema, dove la Matematica è la scienza delle scienze; e noi dobbiamo guardarci dalle deduzioni e dai sofismi verbali che fa nascere logicamente questa espressione consacrata ma ingannevole: il Gran Tutto, e dalla filosofia geometrica che ne deriva.

Tutto ciò rispecchia sempre la vecchia illusione del matematicismo; è la vecchia concezione ontologica, limitata, della Natura, che faceva dire a Goethe con un sofisma magniloquente: «Ella contiene sempre tutto. Per lei, nè passato, nè avvenire; per lei il presente è eterno».

Tale concezione ispirava a Laplace le parole famose e tante volte riprodotte: «Un'intelligenza che, per un istante dato, conoscesse tutte le forze da cui la natura è animata e la situazione rispettiva degli esseri che la compongono, e se d'altra parte fosse anche abbastanza vasta da sottoporre ad analisi i suoi dati, comprenderebbe nella medesima formula i movimenti dei più grandi corpi dell'universo e quelli del più leggero atomo. Niente sarebbe incerto per essa, e l'avvenire, come il passato, sarebbe presente ai suoi occhi».

Vane pretese dell'infatuazione matematica, che vuol concretare sotto il suo compasso, – numero, pondere, mensura, – la natura intera! Di fronte alla realtà senza limiti ciò non significa nulla.

* * *

Noi possiamo ora affrontare con cognizioni sufficienti la questione che, per molti, è il centro del problema: la questione del meccanicismo.

«Il Mondo è una macchina, e in una macchina non c'è posto per la libertà». Ecco quello che ci si dice. Quanto vale questa affermazione?

Tale questione è intimamente legata a quella del matematicismo; non ne è, si può dire, che il corollario. Il semplicismo meccanico è la conseguenza fatale, la conseguenza logica, del semplicismo matematico. La considerazione dell'infinito della natura e dell'energia, che distrugge l'uno, distrugge anche l'altro: la realtà naturale, nella sua infinita complessità sfugge alla meccanica, come sfugge alla matematica. L'universo, in realtà, non è come un corpo morto che subisce un impulso esterno: esso è un organismo. Vivente, «aperto da ogni lato, invadente ed invaso», non può essere assimilato ad un sistema meccanico, a un sistema fisso, ad un qualunque sistema chiuso.

I suoi elementi atomici – universi essi stessi, mondi fra altri mondi, focolari d'energia anche loro – lungi dall'essere elementi semplici, inerti e passivi, vivono della vita universale, sono attivi, sono sorgenti di forza .

L'atomo, dunque, l'atomo caro ai meccanicisti, non è l'ultimo termine dell'analisi. La materia, la materia atomica non è che un secondo stato della sostanza universale. L'energia costituisce il fondo, il tessuto stesso delle cose, l'anima delle realtà sempre mutantesi e sempre nuove.

Così si spiega la fecondità inesauribile della natura, in eterna gestazione. Così si spiega, così si compie e si prosegue senza fine, nello spazio e nel tempo, il lavoro spontaneo della creazione naturale.

Questa generazione spontanea e questa attività creatrice non sfuggono certo al determinismo universale, che è la legge stessa della causalità, la condizione di tutto ciò che è. Ma c'è determinismo e determinismo! Qui è la questione.

Ed in realtà, noi possiamo ora renderci conto che, nella natura senza limiti, gli universi sono innumerevoli; che attraverso l'infinitamente grande e l'infinitamente piccolo, in tutte le direzioni, i mondi pullulano, senza numero, all'infinito, ciascuno colla sua organizzazione e la sua vita propria, il suo ordinamento, la sua regola. È la varietà naturale della vita, inesauribilmente complessa e diversa nella sua immensità inafferrabile. È la legge naturale d'autonomia, – e tanto primordiale e indefettibile quanto la legge di solidarietà.

Ciascun universo ha la sua esistenza regolata in modo diverso; ciascun mondo ha la sua coordinazione, la sua scala, la sua attività propria. Ciascuna sfera ha la sua misura e il suo determinismo. Questa è una verità che ci appare di capitale importanza.

* * *

Come comprendere, in queste condizioni, il principio di causalità? Come concepire la relazione da causa ad effetto, da antecedente a conseguente? Come concepire i rapporti tra fenomeni? L'assolutismo non svanisce forse? E si può ancora parlare d'un inesorabile, d'un ineluttabile «concatenamento» dei fenomeni, d'una «catena» infinita di effetti e di cause?

Determinismo non vuol dire fatalismo, – ecco la conclusione a cui noi giungiamo. La vecchia concezione autoritaria della causalità cade, per far posto a un'eziologia dei fenomeni che non vede dappertutto che dei complessi di complessi, delle risultanti, delle interferenze di fattori intrecciati all'infinito, intus et extra. E se niente si crea e nihilo, è pur vero che non esiste alcuna equazione da causa ad effetto, che un effetto non si deduce da una causa, che ogni effetto ha molte cause, come ogni causa molti effetti, e che ciascuna componente, ciascun centro autonomo di forza, ha, secondo il principio di Galileo, la sua funzione indipendente e il suo potere d'azione, e serba, inalienabile, irriducibile, inesorabile, nel suo dinamismo intimo, la spontaneità della vita.

Non si tratta qui, si noti bene, di cadere nel misticismo bergsoniano, nella metafisica della durata pura e nella teologia dello Slancio vitale e dell'Evoluzione creatrice. Tutto è fisica per noi. Tutto è fisicamente determinato. Ma chi non vede che questo energetismo complesso al quale siamo arrivati, non permette, per quanto si spinga lontano l'analisi, di giungere ad un Assoluto qualunque, causa prima di checchessia? Così il fatalismo cade – nello stesso tempo che il libero arbitrio; l'assolutismo oggettivista nello stesso tempo dell'assolutismo soggettivista; e il meccanicismo, e la teleologia, e questa superstizione dell'ambiente che il trasformismo ha suscitato e che conduce alla rassegnazione senza vigore, alla passività e all'abdicazione.

E, in un'aurora di liberazione, noi percepiamo il regno di un determinismo relativo, multiplo, senza comune misura e senza valori fissi derivati da matematiche eterogenee, nel quale ogni focolare d'energia, ogni organismo, partecipi, secondo la sua propria natura e secondo leggi naturali che sono l'espressione della logica proteiforme delle cose, alla potenza universale.

III.

FISIOLOGIA DEL PROGRESSO.

In questa autonomia essenziale ed in questa potenza che abbiamo riscontrate in ogni organismo ed in ogni individuo (nel senso più largo della parola) sta la sorgente, sta il germe della libertà. È già la libertà allo stato, per così dire, embrionale. Non si tratta più che d'uno sviluppo, d'una integrazione. Qual'è questo sviluppo? Quale sarà questa integrazione? È quello che ora dobbiamo esaminare.

Progresso? – Non c'è progresso, si è detto. Eadem sed aliter. Non vi sono che cambiamenti di forma, trasformazioni, metamorfosi, ma niente di nuovo, nessuna «anticipazione» nella natura eternamente identica a se stessa, nel Gran Tutto sempre il medesimo, insomma, sotto tutte le apparenze. Nessun progresso reale, nessun vero cammino in avanti: semper eadem!

Abbiamo visto quanto vale tutto ciò; abbiamo visto come la porta aperta sull'infinito è una porta aperta all'innovazione e al progresso; abbiamo visto come prosegue, nella natura incommensurabile, il lavoro senza fine dell'eterna creazione, che genera senza posa, per ciascuna realtà, un avvenire nuovo.

Ma è anche vero che bisogna guardarsi dall'illusione del progresso assoluto, dalla rappresentazione semplicista d'un'Evoluzione unitaria, comprendente in un solo movimento tutta la realtà.

Ci si parla, sostituendo una metafora e un'immagine metafisica alla realtà delle cose, d'accordo con tutta una folla di teorici oscuri od illustri, di traiettoria ciclica, elittica, parabolica, spiraidale,.... e che so io! È così che, con Spencer, si vuol rendere schematico il progresso come un movimento divergente per la moltiplicazione degli effetti.

A queste concezioni balistiche, fataliste, nate dal semplicismo e dall'assolutismo, una sana nozione della complessità irriducibile della natura e della vita universale oppone una concezione organica, di sviluppo, di crescenza, una concezione energetica, che lascia in ciascun progresso una funzione all'iniziativa novatrice.

Sì, non c'è progresso della natura, progresso assoluto! Non c'è nessun «eterno divenire» che comprenda tutti i fenomeni in un movimento unico! Ma sviluppo, – dunque fenomeno particolare, concreto, relativo, – sviluppo spontaneo ed autonomo d'energia organizzata: ecco come si presenta, ecco in che consiste, ai nostri occhi, ogni vero progresso, cosmico o terrestre.

* * *

Quindi accumulazione di potenziale è il carattere fondamentale di ogni evoluzione progressiva: accumulazione, organizzazione, sviluppo. Così il mondo progredisce; così l'atomo si forma per generare i corpi; poi, allo stesso modo, la vita planetaria si organizza e si perfeziona; la coscienza, infine, fiore del progresso, si costituisce, sorge, si sviluppa, si schiude, seguendo lo stesso processo.

Da questo processo scaturisce una legge: legge di coordinazione crescente.... E pluribus unum. Scompaiono gli antagonismi, si formano le sintesi, l'armonia si accresce. Il cosmo si organizza per gradi; l'atomo materiale, – la cellula vivente, – la collettività sociale, segnano le tappe di questa coordinazione universale.

In questa unità è la varietà: varietà crescente nell'unità crescente. Così potrebbe esser formulata la legge suprema, la legge sintetica del progresso. Negli organismi inferiori, come dice von Baër, tutto è in tutto, e l'organismo sale di grado a misura che si opera la divisione del lavoro. È la legge di differenziazione. Ma questa legge di differenziazione è inseparabile dalla sua complementare, la legge di sinergia, di coordinazione organica, che noi abbiamo messo in luce e che non bisogna perdere di vista se si vuole restare fedeli alla realtà.

Queste due leggi sono correlative; sono l'una condizione dell'altra e viceversa. Isolando una di esse, attenendosi esclusivamente a una verità parziale per farne la sua legge di eterogeneità crescente, Spencer ha falsato la sua concezione dei fatti naturali. La realtà non corrisponde alla sua tesi . Differenziazione sì; – eterogeneità no; – ecco quello che ci dice la natura, ecco quello che essa ci mostra nei suoi organismi, nei suoi mondi sempre più unificati, sempre più coordinati e coerenti, sempre più solidarizzati, a misura che si differenziano.

* * *

Come si presenta, in ciò che concerne l'uomo e la collettività umana, questo processo d'accrescimento e d'accumulazione, questo sviluppo che è, abbiamo visto, l'essenza di ogni progresso? In che consiste? A che giunge? Quale è, in una parola, la sua fisiologia particolare? Tali sono, in realtà, i precisi termini del problema.

Il fenomeno caratteristico dello sviluppo umano è lo sviluppo del sapere. Il progresso umano può definirsi come il progresso del sapere collettivo: la scienza che s'accresce è l'umanità che s'avanza, è l'uomo che si allontana sempre più dall'antropoide primitivo, per avvicinarsi all'homo sapiens, all'essere cosciente e libero che «trionfa della natura obbedendo alle sue leggi».

Ma questa evoluzione dell'Umanità verso la scienza e la pienezza del suo potere non è che la continuazione, con mezzi crescenti, dell'evoluzione zoologica che, partendo dall'incoscienza e dall'impulsività, giunge nelle sfere superiori, alla coscienza chiara e alla spontaneità personale. Lo stesso sviluppo della conoscenza, della coscienza, – e, per conseguenza, della volontà e della potenza d'azione, – prosegue attraverso tutta la scala della vita animale.

Il fattore essenziale, il punto di partenza, la base, di questa evoluzione, è la memoria. «Funzione generale della materia organizzata», come di essa scriveva Ewald Hering nel 1870, «è alla memoria che noi dobbiamo quasi tutto quello che siamo e che abbiamo». L'essere vivente, dal più elementare al più perfezionato, è un accumulatore. Senza l'accumulazione mnemonica delle impressioni, non c'è coscienza, neppure la più rudimentale; non ci sono immagini, neanche fuggenti; non c'è ragione, neanche embrionale; non c'è volontà, sia pure debolissima. Tutta la psicogenia dipende da questo elemento primitivo. Nel dominio della coscienza il fatto più semplice, più confuso, più vago, è un complesso di rapporti, che suppone la memoria organica. Diremo di più: la vita vegetativa stessa non ha per base il fenomeno d'intussuscezione, che è (come Haeckel, d'accordo con Hering, avverte molto giustamente nei suoi Saggi sulla psicologia cellulare) una forma di memoria larvata, un aspetto grossolano del fenomeno generale d'accumulazione vitale?

Qualunque sia la spiegazione di questo fenomeno biologico fondamentale, – sia che s'invochi con Haeckel, «la struttura molecolare dei composti del carbonio», sia che si ricorra alle proprietà dei composti endotermici dell'azoto (composti endotermici che, come osserva Berthelot, hanno una parte maggiore nei fenomeni della vita), si attribuisca o no, con Letourneau ed altri, la memoria speciale del sistema nervoso al fosforo accumulatore di luce, – resta sempre vero il fatto che «senza l'ipotesi d'una memoria incosciente della materia vivente, le più importanti funzioni della vita appaiono inesplicabili» . Si può ancora parlare d'ipotesi, quando si tratta d'un fatto, – prescindendo dal nome che gli si dà, – d'un fatto evidente e certo, come il fatto d'accumulazione organica, che è fisico e psichico ad un tempo?

* * *

La coscienza ha dunque per condizione essenziale la memoria. Ma la memoria cerebrale, bisogna notarlo subito, non accumula e non colleziona che delle astrazioni; non ritiene la realtà concreta, la quale ci sfugge. Noi non percepiamo, non riteniamo che le qualità, proprietà astratte di oggetti concreti, oggetti di cui noi, così, non cogliamo tutta l'essenza reale, e che non conosciamo, sotto un dato vocabolo, che come somme di astrazioni, più o meno estese, ma sempre incomplete, sempre inadeguate alla intera realtà.

Così, per esempio, quel che noi chiamiamo zolfo è sempre assolutamente lo stesso identico corpo? Niente lo prova, e molti chimici non si fanno una colpa di dubitarne. Possiamo noi, infatti, affermare niente altro che la concordanza di queste e quelle proprietà, più o meno numerose, ma astratte, le sole che noi conosciamo?

Quante volte, d'altra parte, non ci succede di prendere un sosia pel suo somigliante, e più spesso ancora di far confusione fra due animali della stessa specie? Perchè? Perchè la nostra conoscenza e la nostra memoria cerebrale non si applicano che a caratteri astratti, e può avvenire precisamente che tali astrazioni coincidano.

La memoria cerebrale, come la conoscenza, opera dunque sull'astratto; si alimenta d'astrazioni; essa estrae, dagli oggetti concreti, degli elementi che coordina ed organizza; ed è per questo che la coscienza, di cui essa è condizione, sfugge alla tirannia degli oggetti materiali, all'assolutismo del mondo esteriore e alla fatalità.

Non si tratta qui, notiamolo, di astrazioni metafisiche; si tratta di percezioni reali; si tratta d'impressione dall'esterno, d'impressioni d'origine oggettiva, concreta, ma passate al crivello del nostro organismo, percepite soggettivamente secondo la nostra organizzazione fisica e la nostra propria natura, trasformate da noi secondo la nostra norma intima, la nostra autonomia

28

naturale. E, senza cadere nel soggettivismo puro dei successori di Kant, si può dire, con Elia Reclus, che i secoli non hanno smentita la profondità di questa espressione del filosofo greco: L'uomo è la misura di tutte le cose.

È così che la coscienza, autonoma, crea progressivamente la libertà.

Sperimentalmente, a poco a poco, essa accumula le astrazioni, i dati, le verità, sempre più sintetiche, sempre più generali, per elevarsi finalmente, nell'umanità, sino alle verità universali che danno all'uomo la chiave dei fenomeni e il potere scientifico.

È innegabilmente per via d'esperienza, col metodo sperimentale, riconosciuto o no, volontario o no, che si opera, nel corso della storia zoologica e umana, questo progresso, questo sviluppo della coscienza liberatrice. Ma troppo spesso al tempo nostro, – ed è qui l'errore, – si è confuso il metodo sperimentale col metodo oggettivo.

È stata misconosciuta la parte che spetta all'iniziativa dello spirito, è stata misconosciuta l'attività iniziatrice di tutto ciò che costituisce il genio. È il genio ancora oscuro, embrionale, ma crescente, della serie animale, il genio sempre più trionfante dell'uomo, che dà le intuizioni che poi l'esperienza mette alla prova e verifica. L'immaginazione, tanto diffamata dagli «oggettivisti», l'immaginazione creatrice resta in prima fila. Tra i fattori della scienza e del progresso della coscienza, essa ha la funzione d'un elemento essenziale, d'un elemento centrale, motore; crea le ipotesi: le ipotesi necessarie e feconde.

L'esperienza, per parlar propriamente, non è che una prova eliminatoria; essa confronta e sfronda; essa adatta, coll'osservazione, le idee alla realtà esteriore. Ma è, prima di tutto, colla logica del senso intimo, che si formano queste idee, queste intuizioni, che poi il controllo obbiettivo elimina o fortifica.

* * *

La logica, ecco il fondo eterno ed universale delle cose, ecco l'essenza dell'universo, la ragione ultima dei fenomeni. Non la logica pura, assoluta, metafisica d'un Hegel, ma la logica proteiforme della natura, la logica inerente alla fisica universale e di cui le leggi naturali non sono che l'espressione particolare.

Fondamento della ragione, come del senso intimo, la logica è il fondamento della libertà. È lei che, con un crescendo grandioso, che va dall'intuizione alla scienza per mezzo dello sviluppo sperimentale della ragione, produce, in seno all'umanità, una forza nuova.

È la parola, il verbo, organo logico per eccellenza, che, nel corso dei secoli, attraverso la storia e la preistoria, crea, organizza a poco a poco, con il linguaggio prima, colla scrittura poi, e infine colla stampa, la sapienza e la libertà. Senza di lei non esiste progresso umano; è lei che permette di registrare i rapporti oggettivi dei fenomeni; è in grazia sua, che le verità generali, le verità universali, le leggi naturali, le idee razionali si sprigionano, si formulano, si comunicano, si conservano; è per lei che la scienza, il sapere accumulato, collettivo e sintetico ad un tempo, si costituisce e si accresce, bandendo, mentre progredisce, la superstizione e l'assolutismo, accrescendo il libero potere dell'uomo, eliminando progressivamente l'autorità dalla concezione della natura e dalla vita umana.

Così l'anarchia , la vita sbarazzata d'ogni autorità, l'esplicazione massima di un'intiera libertà, è il punto d'arrivo dell'integrazione umana e dello sviluppo della coscienza. Ma non confondiamo: bisogna distinguere fra anarchia e anarchia. V'e la anarchia e l'anarchia. L'anarchia razionale, per usare la felice espressione di Emile Digeon , la anarchia novatrice, non ha niente di comune col regno del beneplacito individualista, non ha niente di comune col teppismo multiforme in cui quello logicamente va a finire. Questa è la pseudosocietà attuale, è l'anarchia di oggi, questa anarchia disordinata che i socialisti, che Colins, che Augusto Comte, hanno così magistralmente messa in luce e caratterizzata sotto i suoi diversi aspetti. L'autoritarismo dell'Io, questo assolutismo egoista, principio del mondo borghese, individualista, è la negazione dell'anarchia a cui noi tendiamo. Questa, checchè se ne possa pensare e dire nei cenacoli, nelle gazzette e nei tribunali, non è senza disciplina. Ma tale disciplina nel senso di eliminazione dell'arbitrio, è quella della ragione impersonale, della ragione perfetta che fa l'uomo completo. O autorità, o ragione: questo è il dilemma che perpetuamente si presenta nella pratica della vita e dei rapporti umani; questo è anche il conflitto millenario, dall'esito del quale dipendono le sorti della libertà.

IV.

LIBERTÀ E SOLIDARIETÀ.

La libertà, frutto del progresso e fine ultimo della dignità umana, non è dunque affatto il trionfo dell'arbitrio, l'egocentrismo degli individualisti; non è affatto la libertà assoluta dei metafisici del Libero Arbitrio e dell'amoralismo. Non si tratta punto di vedere nell'individuo, nell'«Io», «il centro dell'universo», il principio e lo scopo della vita, causa prima e fine ultimo d'un'attività assolutamente indipendente e puramente egoista.

Certo, nella natura umana, tutto è bisogno e sono i nostri bisogni che governano la nostra vita. Ma forse ciò significa che tutto è soddisfazione personale, manifestazione egoista, come pretendono i forsennati del soggettivismo?

Per loro, infatti, per questi edonisti nuovo stile, l'Io primeggia su tutto; l'Egoismo è la legge della vita, il piacere ne è il fine ultimo. Ciascuno per sè. L'altruismo è un'illusione, un inganno, da cui l'uomo cosciente, l'uomo «libero» deve guardarsi attentamente.

Autonomia, nella loro bocca, equivale ad autocrazia. L'individuo è sovrano assoluto. «La ragione?... La giustizia?... La logica?..., mi diceva molti anni fa uno di essi, non le conosco!... Io non conosco che il parallelogramma delle forze!». Poi, dopo un momento, misteriosamente, volendo meglio, con una formula sibillina, precisare ancor più il suo amoralismo e condurre a termine «l'iniziazione»: «Che forse noi siamo della gente onesta?...» .

La questione in tal modo si allarga; è tutto il problema morale che si pone.

Esaminiamola più da vicino.

* * *

«C'è in noi una forza accumulata che ha bisogno di esplicarsi; quando la sua esplicazione è intralciata da qualche ostacolo, questa forza diviene desiderio o avversione; quando il desiderio è soddisfatto, c'è il piacere; quando è contrariato, c'è pena; ma da ciò non deriva che l'attività accumulata si esplichi unicamente in vista di un piacere, con un piacere per motivo; la vita si esplica ed è attiva perchè è la vita».

Queste parole di Guyau mettono ammirabilmente in luce il sofisma edonista, che è alla base della teoria dell'Egoismo.

In realtà si tratta di un fenomeno fisiologico, fisico, e il fenomeno psicologico del piacere o del dolore non è che uno stato di coscienza derivato dallo stato organico soggiacente. Sarebbe erroneo quindi parlare di una ricerca del piacere, di una finalità egoista come essenza della vita.

Questa entità, il piacere, non esiste del resto più di quell'altra entità che è l'Io. Tutta metafisica! Metafisica e semplicismo! Quel che veramente esiste è l'autonomia naturale di ciascun organismo, vivente di vita propria e guidato dai suoi bisogni; ed è questa autonomia che alcuni confondono con l'egoismo. Il fine a cui tende ogni essere vivente è la soddisfazione dei propri bisogni, soddisfazione che è complessa, bisogni che sono molteplici e diversi, talvolta opposti ed escludentisi l'un l'altro, ma di cui il principale, quello da cui derivano tutti gli altri, è il bisogno di vita, vale a dire non solo il bisogno di esistenza materiale e di conservazione, a cui troppo spesso lo si è ridotto, ma bisogno di irradiamento (poichè in ciò consiste la vita) e d'espansione al di fuori di sè.

Il famoso istinto di conservazione non è dunque quel che ne ha fatto la maggior parte degli scienziati e dei filosofi contemporanei: il deus ex machina della nostra attività, il fondamento primo della vita. Metafisica anche questa! Il suicidio è un fatto e così pure è un fatto il sacrificio della propria vita. Ed è ben misero colui che è incapace di guardare serenamente in faccia la morte!

Così il bisogno di espandersi, di darsi molto o poco, intensamente o no, è il primo bisogno dell'uomo, di questo focolare d'energia; e il bisogno di sostentamento, di conservazione, non esiste che in funzione di questo bisogno primitivo, fondamentale che è la legge essenziale della vita.

Vivere solo per se stessi è, quindi, un'utopia contro natura, una chimera irrealizzabile e malsana; l'indipendenza cinica è un'aberrazione. È tanto impossibile vivere solo per sè, quanto il vivere soltanto da sè; poichè mille legami visibili e invisibili ci riattaccano al difuori, irradiano attorno a noi e vanno dall'ambiente a noi e da noi all'ambiente. Tutto si sorregge a vicenda in questo grande organismo che è l'universo; e la solidarietà è un fatto prima d'essere un principio.

No, l'egoismo non ha «diritto di priorità nella nostra natura» come si è preteso e, sopratutto, la vita non è «individuale e per conseguenza, egoista» . È vero che «se ho una carie, sono io che ho male ai denti» ; ma è chiaro che qui non si tratta della vita, ma della sensazione, della coscienza, che è un fenomeno speciale, sovrapposto e instabile.

È infatti con la coscienza, col sentimento di sè, che comincia l'egoismo; ed allora questa parola prende un senso reale, positivo e pratico, sbarazzato da ogni metafisica, da ogni assoluto.

Questo senso è relativo, poichè indica un rapporto di persone, un rapporto tra sè e sè o tra sè ed altri, ma sempre tra persone, vale a dire tra individui dotati di coscienza, di personalità. Si potrebbe parlare, per esempio, dell'«egoismo» di un fibroma, che gode d'una vita individuata, ma non cosciente e personale? Si potrebbe mai parlare dell'egoismo di un albero, se non per metafora psicologica?

La vita, fenomeno energetico universale, non è anzitutto individuale, ma si individualizza, localizzandosi concentrandosi, particolareggiandosi; in seguito essa diventa cosciente e personale, ed è solo a questo punto che appare l'egoismo.

Ma questo egoismo naturale non è l'Egoismo esclusivo, l'Egoismo assoluto, del quale ci si parlava, poichè lascia posto ad altre cose e in esso non consiste tutta la vita.

Prima di tutto esso lascia posto all'azione della solidarietà universale, che s'afferma in tutti gli esseri viventi, poichè nessun essere vive, nè può vivere isolato, nel senso assoluto della parola. La vita è sociale per natura.

Questa natura sociale della vita, questa azione della solidarietà universale, si manifesta dappertutto: dalla vita, in apparenza infima, degli atomi, sino all'«immensa vita» dei mondi. Ovunque lo istinto sociale e l'intima aspirazione verso la solidarietà; ovunque affinità naturali; ovunque la socialità, dapprima latente, poi manifestantesi a poco a poco, a misura del trionfale espandersi della vita.

Tutto questo ci allontana assai dalla meschina «sociabilità» cara ai partigiani dell'egoismo, la quale non è che una forma ipocrita di questo. La natura umana non ci appare puramente, radicalmente, primitivamente egoista, ma formata a volta a volta da virtualità egoiste e da virtualità altruiste, che l'evoluzione naturale delle cose paleserà a suo tempo. Il semplicismo soggettivista ed egoista svanisce e scompare davanti a un naturalismo monista che riduce tutto alla fisica universale e alle leggi dell'energia.

* * *

Sì, quel che è «primitivo» non è nè l'egoismo, nè l'altruismo, è la vita, la vita fisica, impersonale, sociale, dell'energia universale. La legge primordiale, la legge naturale di questa vita, è la legge di economia, è l'euritmia, vale a dire l'armonia crescente che va dall'atomo agli universi in una comunione grandiosa. E con ragione il poeta ha potuto dire:

Nous avons écouté, recueillis, le grand rythme

Qui meut le coeurs humains et les astres du ciel .

Questa euritmia comunicativa, questa armonia a cui tende tutto ciò che esiste, è, guardata dal punto di vista di un realismo scientifico, il bene stesso nella sua essenza.

Così avviene e si realizza la conciliazione della libertà e della solidarietà in un eudemonismo cosciente, un eudemonismo sociale, che non ha niente di comune con l'edonismo individualista.

* * *

Ma se la socialità è la legge della nostra natura, donde trae, ci si dirà, la sua origine e la sua forza e come è sorto, come si regge, su che si basa il regime individualista, egoista, del «ciascuno per sè» sotto cui viviamo? Come ha potuto questo regime sorgere e svilupparsi in contrasto colla nostra natura?

La ragione sta in questo, che l'aberrazione metafisica è venuta, succedendo alla teologia e al diritto divino, a traviare il nostro spirito e a falsare il nostro giudizio, a sviare il nostro senso di giustizia e a snaturare la nostra vita con la concezione autoritaria, semplicista, malsana, deformatrice, di un Io immaginario, assoluto, assolutamente libero nei suoi atti e padrone delle sue opere. Infatti tutta l'organizzazione attuale che pretende di essere una «società» si basa sull'illusione della responsabilità individuale assoluta; su questa illusione è fondata tutta l'organizzazione giuridica ed economica che ci imprigiona e ci opprime; ma, dissipata l'illusione ed abolite le sue conseguenze, la natura riprenderà i suoi diritti... Adoperiamoci dunque ad eliminare radicalmente il sistema monetario e lo Stato, prodotto di questa «maledetta metafisica», e diverremo naturalmente uomini sani, normali, atti ad un altruismo e ad un egoismo ugualmente fisiologici.

* * *

L'egoismo e l'altruismo non sono i soli elementi della psicologia morale dell'uomo; poichè vi esercita la sua funzione anche la ragione, la ragione impersonale; ed è questa la ragione filosofica che, differenziando l'uomo dagli animali superiori, balbuziente in principio e soffocata dall'allucinazione teologica, sviata poi, come oggi, dal verbalismo metafisico, maggiorenne infine ed attenentesi ad un realismo che unisce il buon senso alla scienza, è lei che, determinando il giusto e l'onesto, determina l'equilibrio delle due tendenze fondamentali della vita.

Infatti non c'è società umana, non c'è vita sociale superiore, senza onestà. Lo scetticismo individualista non vi può niente; l'amoralismo, la canaglieria e il machiavellismo, elevati a principii occulti di vita, possono trionfare momentaneamente, ma non ne uscirà mai una vita sociale durevole, una vita sociale vera, la quale non esiste e non prende forza che dall'onestà, dalla confidenza fondata e reciproca e dalla solidarietà sincera che ne risulta.

La concezione dell'onestà può, senza dubbio, evolversi, perfezionarsi, elevarsi, ampliarsi sino alla concezione dell'integrità umana; ma resta sempre, con l'idea di giustizia e di diritto, di cui essa è la sorella gemella, il principio organico e il nodo vitale di ogni associazione umana, di ogni solidarietà consentita.

* * *

Il rapporto sociale, norma dei rapporti umani, è fondato infatti sul diritto e la giustizia, e non sulla forza materiale e dispotica. L'assentimento, esplicito o tacito, il consenso, senza del quale non vi sono che agglomerati meccanici senza libertà nè spontaneità, è la base naturale, la condizione sine qua non, l'elemento essenziale di ogni società. Poichè chi dice società dice accordo.

Ma questo accordo naturale, organico, quest'armonia di affinità, non ha niente di comune con un contratto convenzionale ed arbitrario; la sua psicologia è affatto differente: benchè libero e spontaneo, esso sorge dalla logica profonda delle cose e non dal libero arbitrio e dal beneplacito degli individui. C'è un substratum logico che è il diritto, il quale in fondo, al pari della giustizia, che è il diritto messo in pratica, costituisce la logica sociale, la logica dell'associazione. Ogni società è per sua natura un agglomerato giuridico.

Già nell'orda primitiva esiste un vago ed oscuro sentimento di diritto, base indispensabile del consenso collettivo; ma è in una società più umana che appare, insieme ad una rudimentale ragione, il carattere giuridico della vita in comune. La concezione razionale dei rapporti umani va di pari passo con la concezione razionale del mondo, di cui è parte integrante. Lo sviluppo giuridico segue organicamente, logicamente lo sviluppo filosofico; e a misura che nel corso dei secoli la ragione si eleva, si perfeziona e si fortifica, la nozione del diritto e della giustizia va purificandosi e spogliandosi progressivamente del materialismo grossolano e brutale, del feticismo e dell'arbitrario, che manifestano il suo stato barbaro, e che sono come un lascito del periodo preumano e della psicologia animale. La coscienza del diritto naturale, della logica naturale delle cose si sviluppa a poco a poco; il legane sociale si dematerializza sempre più. Partita dalle superate nozioni comuni agli animali, agli uomini primitivi e ai fanciulli, la coscienza umana sviluppandosi, perfezionandosi, allargandosi, arriva, di grado in grado, alle idee universali, alle idee giuste, razionali e scientifiche, che sfuggono all'arbitrarietà dell'egoismo come alla fatalità meccanica e all'arbitrarietà della Forza. È la fine della solidarietà gregaristica e del gregarismo in tutte le sue forme. Ma è l'alba della solidarietà umana, solidarietà cosciente, ragionata e volontaria di tutti gli uomini, uniti da uno stesso ideale di giustizia e d'amore.

V.

CONCLUSIONE.

LA FORZA MORALE E LA LIBERTÀ.

Noi assistiamo alla nascita di una filosofia nuova, puramente scientifica, purgata insomma di ogni metafisica e di ogni assolutismo. Al vecchio semplicismo materialista e al vecchio semplicismo spiritualista, si sostituisce a poco a poco un naturalismo integrale, sintetico, esente da una vana ontologia, un energetismo logico, tanto estraneo al fatalismo meccanico o ideologico, quanto al famoso Libero Arbitrio.

Questa concezione energetica del mondo non lascia posto a nessuna forza assoluta, a nessuna autorità, ma lo lascia tutto allo sviluppo della forza morale, dell'energia psichica e del potenziale cerebrale.

Quindi, non più feticismo della Forza, non più culto d'un'autorità, brutale o dissimulata, che domini o regga il mondo! L'autorità delle leggi naturali? Ma la legge naturale non esiste in sè; la legge naturale non è un'entità imperativa, non comanda, ma è solo la logica naturale delle cose constatata come un fatto universale dalla ragione dell'uomo. Non lasciamoci accalappiare dall'inganno delle parole e non confondiamo legge naturale e legislazione umana .

La forza irresistibile delle cause?... Ma le cause esistono forse in se stesse? Possono avere una forza effettiva intrinseca, che sia indipendente da noi? Che significano questa metafisica e queste ciance scolastiche? Che significa tutto questo gioco di parole sulla causa più forte, più forte in sè? Che altro v'è dentro se non una profezia retrospettiva e un sofisma verbale?

Così il determinismo fatalista cede a un esame attento e sulle sue rovine noi vediamo affermarsi l'autonomia naturale dei focolari d'energia.

Questa è la base della forza morale, della forza liberatrice, l'accrescimento della quale ci dà la misura del progresso umano, la misura dello sviluppo della ragione. La ragione infatti crea nell'uomo, nella collettività umana, queste forze nuove: il sapere scientifico e la coscienza del diritto. Con esse si accresce la forza morale, il potenziale umano. Con esse si sviluppa, aumenta e s'innalza la libertà.

Ma la libertà così concepita, la libertà sana e apportatrice di bene, non è, bisogna dirlo, il beneplacito e l'arbitrio di ciascuno, non è l'anomia, la autorità personale sostituita all'autorità esteriore, ma è la proscrizione di ogni autorità, la liberazione da ogni superstizione, da ogni assolutismo, l'autonomia sempre più completa di ciascun individuo, che spontaneamente si assoggetta, seguendo il proprio giudizio, alla disciplina logica che gli assegna la sua ragione.

Questo è il corso della storia, questa è l'evoluzione naturale dello spirito umano. L'illusione autoritaria si dissipa a poco a poco, messa alla prova con l'esperienza crescente e con la ragione che si fortifica. E mentre ad ogni tappa crescono il potere autonomo e la forza morale degli uomini, il simbolo intellettuale che li unisce organicamente nello sforzo comune sfugge sempre più al feticismo primitivo, s'eleva e s'idealizza sempre più, adattandosi alla realtà ed estendendo il suo dominio, sino a confondersi colla scienza e colla ragione universale.

Così si attua la grande opera dell'integrazione umana; così si avvicina il mutamento supremo, il grande mutamento liberatore; così si stabilirà infine su questa terra, nello splendore della scienza e del buon senso, il regno della giusta ragione e dell'integrale libertà.

SECONDA PARTE

ANARCHIA O ANARCHIA.

39

I.

PRAGMATISMO O UMANISMO.

Una rivoluzione radicale dello spirito umano si opera sotto i nostri occhi; il pensiero umano si sbarazza dell'illusione dell'assoluto e la ragione trascendente, la ragione pura, è battuta in breccia: noi assistiamo all'agonia della metafisica.

Spingendo all'eccesso questa reazione contro l'apriorismo, contro l'assolutismo e il razionalismo dogmatico, una scuola filosofica contemporanea ha tentato di detronizzare l'intelligenza, ha preteso sottrarre l'azione alla disciplina della mente, ha proclamato lo scadimento della ragione e l'arbitrarietà di tutte le sue categorie ed ha voluto fare del successo il criterio del vero. Questa scuola antiintellettualista è la scuola pragmatista.

* * *

Certo, ogni filosofia che non sia una saggezza, una filosofia sperimentata e pratica, non ha alcun senso. Via la metafisica! Ma bisogna, per questo, respingere ogni «principio», ogni idea generale, ogni idea già acquisita e giustificata antecedentemente al momento attuale?

Bisogna, per essere «pratici», decapitarsi, respingere ogni dato intellettuale e, cadendo nello empirismo puro e nell'opportunismo assoluto, dichiarare, con Loyola, che il fine giustifica i mezzi?

Per un pragmatista infatti, «non esiste nè verità, nè errore, ma solo dei risultati. Utilità e verità sono sinonimi» . Non è senza ragione che una scuola pragmatista italiana è giunta al macchiavellismo più radicale.

Intendiamoci: la parola «verità», senza dubbio, non è affatto bandita dal vocabolario pragmatista, ma il significato che vi prende non ha più niente di comune con quello che le danno insieme il semplice buon senso ed il pensiero scientifico. Seguendo l'esempio dei sofisti greci, sopratutto di Protagora, loro antenato intellettuale, che essi invocano così volentieri e la cui opera su La Verità sembra esser stata come un primo abbozzo del volume di William James sullo stesso soggetto, i pragmatisti negano ogni verità impersonale, ogni verità obbiettiva; essi fanno del vero una «fabbricazione personale» fondata sull'utilità. «Il vero, secondo William James, rientra nel bene; la verità è un bene d'una certa specie e non, come di solito lo si suppone, una categoria al di fuori del bene» .

«Conoscere, diceva già Protagora, è sentire; ora qual'è il carattere della sensazione? È di variare all'infinito secondo le disposizioni dell'essere sensibile. Ognuno dunque conosce a suo modo, ed ognuno è buon giudice e solo giudice del suo modo di conoscere. Quel che è vero per l'uno, può dunque esser falso per l'altro e incerto per un terzo. Tutti han torto e tutti han ragione». I sostenitori dell'«idealismo personale», non dicono, insomma, nulla di diverso. Il loro sensazionismo, la loro teoria individualista della verità, sono la teoria stessa di Protagora rimessa a nuovo e rimodernata.

Si può dire anche di questi neosofisti quello che Weber, nella sua Storia della filosofia europea, ha detto molto giustamente, del loro predecessore greco: «Come la maggior parte dei filosofi antichi, egli esagera da una parte le differenze psicologiche e mentali che esistono tra gli individui, e dall'altra le menzogne della sensazione. Egli ignora ciò che la scienza ha dimostrato poi, esser possibile allo scienziato di rettificare i dati dei sensi, gli uni per mezzo degli altri, e si trova condotto dal suo preconcetto a negare l'esistenza di un criterio obbiettivo della verità. Egli disconosce la ragione umana...» .

Il pragmatismo – senza negarlo in principio – trascura, scarta, sopprime in realtà l'elemento oggettivo, l'elemento impersonale della sensazione; e riduce questa, col suo argomentare, a non essere più che un'apparenza soggettiva, un'illusione. Quindi tutto diviene incerto, variabile, individuale, e la verità non è più che la nostra verità, o piuttosto la nostra illusione particolare... È il caos delle coscienze, nel caos d'un universo sconnesso e incoerente; è il «pluralismo» in tutto il suo splendore.

* * *

Si capisce immediatamente quanto sia difficile l'affrontare e il discutere questa teoria, poichè la sua «pluralità» ondeggiante e diversa fino all'incoerenza tende a renderla inafferrabile. È la teoria pipistrello! Nessuno è più abile dei suoi sostenitori, di William James specialmente, a passare senza scosse, col favore d'uno stile ultrametaforico e d'una dialettica sfuggente, dal bianco al nero.

Cerchiamo tuttavia di sceverare quel che c'è d'essenziale.

«Tutta l'originalità del pragmatismo, dice William James, tutto quello ch'esso ha d'essenziale, è l'uso che fa della maniera concreta di vedere le cose» .

Ora vediamo come si deve intendere, dal punto di vista pragmatista, questa «maniera concreta di vedere le cose»

«Il mondo, dice F. Schiller, è essenzialmente yle (materia grezza); esso è dunque quale noi lo facciamo ». E William James dal canto suo, reputando che una realtà indipendente dal pensiero umano è una cosa «non facile a scoprire» , afferma che è «impossibile togliere all'uomo la sua parte nella realtà» ; e dichiara: «L'esistenza della realtà appartiene a lei stessa, ma ciò che essa è dipende da noi...» .

Non si vede fin dal principio, senza star a cercare il pelo nell'uovo, quale grossolana ingiuria al buon senso c'è in questo soggettivismo presuntuoso che di fatto fa sparire la realtà oggettiva, o almeno la riduce quasi a niente, per sostituirle sofisticamente la realtà percepita, vale a dire l'apparenza sensibile d'un'infima porzione dell'infinita realtà, e dare così, sempre più sofisticamente, tutta l'importanza, o pressapoco, all'attività psichica dell'uomo?

A che cosa si riduce, dopo tutto ciò, il metodo in concreto di cui ci si parlava or non è molto? Poichè il concreto, ricordiamolo bene, esiste solo nella natura, e non esiste affatto nello spirito; nello spirito non c'è che l'astratto; ed il pensiero che pretende muoversi in concreto, se comincia col ridurre quasi a nulla la realtà obbiettiva, dopo averla spogliata di ogni qualità e di ogni energia propria, si contradice da se stesso e non è più che un'immagine assurda e senza fondamento. Si ha un bel parlarci, dopo questo, di «maniera concreta di vedere le cose» e di «filosofia dell'esperienza»: non vi sono in tutto ciò, date le premesse, che parole vuote e senza significato.

* * *

Noi troviamo così, proprio nel nucleo centrale della dottrina pragmatista, una contraddizione fondamentale che la riduce a un assurdo. Sarebbe lo stesso voler conciliare l'acqua e il fuoco, la morte e la vita.

Ma non arrestiamoci qui e spingiamo più lontano la nostra analisi.

Al punto a cui siamo arrivati col nostro esame, possiamo, malgrado l'ambiguità della teoria e le tergiversazioni dei suoi difensori, determinare con precisione l'idea fondamentale del pragmatismo, quella che ne è la vera anima. Quest'idea è evidentemente quella della sovranità dell'Io; quella che consiste nel credere che noi «facciamo» (make), nello stesso tempo che la realtà, la verità, – e che realtà e verità sono essenzialmente opera nostra. Questa idea, del resto, se noi facciamo attenzione, scaturisce dall'etimologia del nome stesso di «pragmatismo».

Si vede subito l'origine kantiana di questo punto di vista. «L'idealismo personale» dei nostri pragmatisti è parente dell'idealismo soggettivo di Fichte, del solipsismo di Stirner, dell'illusionismo di Schopenhauer, dell'egotismo di Nietzsche; e, come questi, procede innegabilmente dal fenomenismo soggettivista di Kant.

In questo i nostri neosofisti superano in fantasia i loro antenati greci. L'uomo è la misura di tutte le cose, aveva detto con ragione Protagora. L'uomo determina la maniera d'essere delle cose, diranno i pragmatisti: l'uomo «fa» il mondo; sceglie, inventa, «fa» a volontà la sua verità, la sua verità personale... È il trionfo dell'individualismo, dello arbitrio, del «ciascuno per sè». La scissione, la rottura radicale operata da Kant tra il soggettivo e l'oggettivo, e la priorità, l'autorità conferita da lui al primo, hanno portato i loro frutti.

Il pragmatismo ci sembra una apologia filosofica dell'arbitrario, la negazione di ogni ispirazione impersonale e la condanna sistematica dell'«astrazionismo».

E qui interviene una delle numerose gherminelle di cui esso ha l'abitudine. Partito da ciò che crede sia l'individuo concreto, il pragmatismo pretende attenersi alla «maniera concreta di vedere le cose»; e dimentica d'avere, per così dire, annientato il concreto col suo soggettivismo. Senza darsi pensiero dell'incompatibilità delle due teorie, esso vuole all'«idealismo personale» accoppiare «l'empirismo radicale». William James lo riassume così: «Comincia dal concreto, torna al concreto, finisce col concreto» .

È questa, non dispiaccia ai campioni del preteso «umanismo», la formula del ritorno alla mentalità animale. Le bestie, è incontestabile, praticano il pragmatismo .

* * *

Quello che infatti costituisce la superiorità dell'uomo sull'animale, quello che costituisce la dignità umana, è il potere d'astrazione, è «l'astrazionismo» . L'astrazione è l'organo stesso della forza intellettuale e morale ed è essa che fa sì che l'uomo sia veramente uomo.

I pragmatisti avranno un bel trovare a ridire all'infinito, nel linguaggio oscuro che è loro proprio, sulla «maniera astrazionista di pensare», avranno un bel parlarci e riparlarci della «maniera concreta di vedere le cose»; resterà sempre vero che l'astrazione è il potenziale energico umano per eccellenza ed è sorgente di tutto ciò che giustamente fa fieri gli uomini; e che l'individualismo intellettuale degli Schiller, dei William James e dei loro pari è proprio la negazione e l'antitesi del vero umanismo.

L'umanismo riconosce, al contrario, e proclama l'impersonalità della ragione e la sua validità universale; e sa che tra il dogmatismo dottrinario e lo scetticismo antiintellettualista v'è posto per la giusta ragione, per la ragione universale; e la disciplina intellettuale che questa apporta è, ai suoi occhi, il vero fondamento della forza morale e della dignità, la condizione sine qua non dell'umanizzazione della vita.

II.

IL MAGISTERO DELLA RAGIONE.

«La facoltà d'astrarre, dice molto bene André Lefèvre , è inseparabile dall'intelligenza». Non solo il ragionamento più rudimentale, la dialettica nella sua interezza, le lingue e tutte le nostre scienze non esistono che in forza di questa facoltà del nostro spirito, ma i nostri stessi sensi non operano che, per astrazione. «Ognuno dei miei sensi, scriveva Laromiguière , ha per oggetto una qualità speciale che gli corrisponde e che esso separa o astrae da tutte le altre qualità. Con l'occhio ho delle sensazioni e vedo dei colori e niente altro; con l'udito ho delle sensazioni e conosco esclusivamente dei suoni; con l'odorato esclusivamente degli odori, ecc... L'uomo provveduto di cinque organi, di cui ciascuno gli serve ad acquistare una specie particolare d'idee, distribuisce necessariamente tutti gli oggetti sensibili in cinque specie di qualità. Il corpo umano, se si può dir così, è una macchina di astrazione; i sensi non possono non astrarre».

Così ogni pensiero, ogni ideazione, ha per fondamento l'astrazione , e si può dire che la potenza dello spirito si misura dalla capacità d'astrarre. «Infatti, come osserva molto giustamente Balmès , gli spiriti eletti non si distinguono affatto per la quantità delle loro idee, poichè essi non ne possiedono che un piccolo numero entro cui comprendono il mondo. L'uccello di pianura si affatica a rasentare la terra; passa e ripassa per gli stessi luoghi, senza superar mai le sinuosità e i limiti della valle natale; l'aquila, slanciandosi nello spazio, sale, sale sempre; non si arresta che sulle alte cime e di là il suo occhio penetrante contempla le montagne, i corsi dei fiumi, le vaste pianure, le città popolose, le vaste praterie e le ricche messi!

«In tutte le questioni c'è un punto di vista culminante in cui il genio si colloca, e da quella cima il suo sguardo domina e abbraccia l'insieme delle cose. Se non è dato alla maggior parte degli uomini elevarsi fin là di primo slancio, almeno essi devono tendervi senza posa. I risultati ne compensano cento volte lo sforzo. Si è potuto osservarlo; ogni questione, e anche ogni scienza, si riassume in un piccolo numero di principii essenziali, dai quali tutti gli altri derivano. Bisogna comprendere questi principii; il resto diventa semplice e facile e non ci si perde affatto nei dettagli». La grande arte, insomma, è l'arte di astrarre.

* * *

Eppure, ecco che il pragmatismo se la prende ab ovo coll'astrazione e coll'«astrazionismo». Il pragmatismo, come scrive William James, «si allontana dall'astrazione». La verità, per lui, dipende dall'arbitrario. «In principio, diceva Faust, c'era l'Azione». E il pragmatismo accentua, precisando a modo suo, il «primato dell'azione»: «La verità d'un'idea, ci dice, non dipende che dai suoi effetti. Un'idea è vera fintantochè abbiamo un interesse vitale a crederla tale». Ed ecco la verità, ecco la idea, ridotte allo stato di convenienza soggettiva e di fabbricazione personale. Tale è il fondo del «pragmatismo».

Dopo ciò che abbiamo detto, si capisce quanto questo antiastrazionismo sia falso, assurdo, contro natura. Non solo, abbiam visto, pensare è astrarre, ma anche sentire è astrarre; la sensazione stessa è già un'astrazione.... Non si sfugge all'astrazione, all'«astrazionismo»! Astrarre è la legge stessa dello spirito, la sua funzione naturale, fisiologica; e l'astrazionismo, l'astrazionismo normale, sensato, non è che il riconoscimento di questa legge, l'esercizio di questa funzione: funzione della più alta importanza, che orienta l'azione volontaria, la guida e le dà giustezza ed efficacia.

Tutto l'edificio della potenza e della saggezza umana, tutto l'edificio della conoscenza, è così un edificio di astrazioni. E, propriamente parlando, è appunto col perfezionamento, coll'esercizio allargato della sua facoltà d'astrarre, che l'uomo si differenzia dai suoi confratelli inferiori.

Che cos'è, infatti, la ragione? La ragione è prima di tutto una forma, una forma perfezionata, della facoltà di astrarre; poi è una memorizzazione e una coordinazione di astrazioni. È il carattere e il valore di queste che fanno il carattere e il valore di quella; e se la ragione fa la superiorità dell'uomo, è all'astrazionismo che deve le sue virtù.

Ma qui l'irrazionalismo ci obbietta:

La ragione ha veramente la capacità e il valore superiore che le si attribuisce? È quel che nega Bergson e, con lui, tutti gli araldi, tutti i campioni d'uno screditato misticismo.

Un'occhiata al suo funzionamento, alla sua fisiologia, ci illuminerà, a questo proposito, meglio che tutte le dissertazioni dei metafisici, e ci permetterà di giudicare sanamente le pretensioni neomistiche dell'intuizionismo bergsoniano, spregiatore della ragione umana, spregiatore dell'intelligenza, spregiatore di tutte le forme dell'astrazione e dell'analisi.

* * *

Certo, l'intuizione esercita una funzione considerevole, essenziale, fondamentale nella vita del pensiero e nello sviluppo della conoscenza; ma questa funzione si può paragonare a quella dell'embrione in rapporto all'organismo perfetto. La intuizione non è che il preludio della chiara coscienza, l'embrione, il germe ancora informe, della piena intelligenza e del pensiero organico; non è, insomma, che una fase dell'intellezione, uno stadio iniziale ed imperfetto dell'intelligenza; ma non è questa facoltà qui, sempre d'ordine intellettuale, quella che invocano gli antiintellettualisti bergsoniani.

L'intuizione bergsoniana è, ci si dice, d'ordine inintellettuale, come l'atto del pulcino che spezza il suo guscio con una beccata. D'ordine inintellettuale: vale a dire estranea a tutte le categorie razionali, a tutte le categorie dell'intelligenza, anche la più elementare; concezione assurda, che suppone che possa esistere intuizione senza discernimento e che, dimenticando l'esistenza e il lavoro subcosciente della ragione intuitiva, disconosce il carattere e la stessa natura della vita incosciente dello spirito.

Poichè – non bisogna dimenticarlo – la ragione discorsiva, la ragione cosciente e articolata, non è tutta la ragione. Questa immerge le sue radici nelle profondità della vita psichica, che è tutta costituita da una trama di ragionamenti incoscienti , vale a dire di operazioni di cernita e di classificazione, essenza della ragione e dell'intelligenza. E l'intuizione, non quale l'immagina un vano verbalismo filosofico, ma quale è realmente, cioè conoscenza allo stato nascente, non è altro, ripetiamolo, se non una forma minore dell'intellezione, del discernimento, dell'astrazione.

Intuizione e conoscenza scientifica sono dunque, – checchè ne possan dire Bergson e tutti i mistici – della stessa natura: di natura astratta, di natura razionale; e la sola differenza essenziale tra queste due forme della conoscenza, l'una embrionale e l'altra perfetta, è che la prima deriva dalla ragione incoscente e da una logica che ignora se stessa, mentre la seconda proviene dalla ragione esplicita e discorsiva, dalla parola. Ambedue operano astrattamente, ambedue non conoscono un oggetto che dalle sue apparenze,

47

dalle sue «qualità», dai «fenomeni» che presenta e dalle relazioni che mostra; e ambedue, a dispetto delle pretese bergsoniane, ignorano l'oggetto totale ed assoluto, l'oggetto in sè, il «noumeno».

* * *

D'altronde è una chimera dei metafisici questa conoscenza assoluta d'un oggetto assoluto. Niente è assoluto, tutto è relativo, ci dice da un bel po' di tempo la scienza positiva, che non ha atteso la venuta di Einstein per opporre relativismo ad assolutismo. Tutto è relativo e noi non conosciamo e non possiamo conoscere che rapporti e relazioni. L'oggetto in sè non è che un fantasma del nostro spirito, una creazione del linguaggio e dell'immaginazione metafisica.

— Ma, ci si dice, i fenomeni, le apparenze sensibili, non ci danno che illusioni e immagini: non ci danno «la realtà».

— Intendiamoci!... Sì, noi non conosciamo le realtà oggettive che attraverso le nostre sensazioni, non percepiamo il mondo esteriore che attraverso i nostri sensi, e nessuna chiacchierata misticometafisica ci inculcherà mai questa chimera della comprensione diretta e totale dell'oggetto in sè. Ma tutte le nostre sensazioni non contano dunque nulla? E i dati dei sensi, non sono anch'essi «realtà», una realtà che può essere illusione, ma che più spesso è una traduzione, un prolungamento, un'eco, un equivalente soggettivo della realtà oggettiva, vale a dire la realtà più reale per noi, la realtà che ci riguarda?

Senza dubbio, «se si accetta il dogma della creazione, si può (come dice Delbet) fare tutte le supposizioni sul valore dei nostri sensi, e, per conseguenza, su quello delle nostre idee».

Ma «col trasformismo, al contrario, il cervello umano appare come il risultato di lenti successivi adattamenti e il suo valore è testimoniato dal modo della sua formazione. Esso è necessariamente in armonia con la natura di cui fa parte ». E l'accordo tra il pensiero e la realtà oggettiva, la famosa adaequatio rei et intellectus, è così nella natura delle cose.

* * *

Noi abbiamo visto che per effettuare questo accordo, l'intuizione intellettuale non è che il primo passo; l'azione della ragione, della ragione esplicita, è il secondo, quello che dà all'intellezione la sua pienezza ed il suo completamento.

Questa concezione della verità come un accordo, una corrispondenza, una conformità del soggettivo con l'oggettivo, è tanto lontana dalla concezione bergsoniana della conoscenza, quanto dalla concezione pragmatista. Per lei l'intuizionismo antirazionale degli uni e la loro pretesa di afferrare l'oggetto in sè, sono tanto nel falso, quanto l'idealismo arbitrario degli altri. L'astrazione e l'astrazionismo, tanto diffamati e vituperati dalle scuole antiintellettualiste, compiono la funzione che è loro propria e restano il fondamento del pensiero; e la ragione, malgrado gli anatemi degli acefali di tutti i generi, conserva la sua dignità e i suoi diritti.

Certo, il concreto è l'alimento della conoscenza; ma sono le astrazioni che la nutrono, che le infondono la loro sostanza, i loro elementi costitutivi: astrazioni che sono sensoriali prima, cerebrali poi. L'astrazionismo, grazie alla memoria, organizza a poco a poco la coscienza, – costruisce a poco a poco il sapere e il potere umani, la superiorità e la padronanza umane – e crea progressivamente l'intelligenza attraverso i gradi di un'evoluzione psichica che va dai protozoi dall'anima ottusa all'homo sapiens, «re della creazione».

L'organó, lo strumento di cotesta magistratura umana, è il linguaggio articolato, la parola, la ragione, – la ragione che, mentre analizza, coordina. La ragione, a misura del suo sviluppo e nella misura della sua perfezione, eleva l'uomo al di sopra della sua condizione originale e lo differenzia passo passo, di sforzo in sforzo, dal bruto ancestrale, limitato, «immediato», quasi senza idee generali e senza intelligenza sintetica. È lei che, con la coordinazione delle astrazioni, gli dà coscienza dell'universale; è lei che, iniziandolo alle leggi della natura, l'induce a quella disciplina intellettuale, senza la quale non è possibile in questo mondo nè volontà efficace nè risultati certi.

III.

L'AVVENTO DEL DIRITTO UMANO.

L'individualismo filosofico sbocca nell'individualismo morale. In realtà, un pragmatismo più o meno cosciente, più o meno ragionato, più o meno compiuto, sta alla base dell'economia capitalista e di ogni organizzazione pseudosociale attuale. All'anarchia delle idee, al «ciascuno per sè» dello idealismo personale, s'accompagna l'anarchia della vita collettiva, che caratterizza la nostra epoca: anarchia morale, anarchia economica, anarchia in tutti i rami dell'attività umana; – anarchia nello interno delle nazioni, anarchia internazionale .

* * *

Lo spirito metafisico è il responsabile di tutto questo caos. La metafisica domina la nostra società contemporanea: è lei che, popolando il mondo di entità astratte, assolute, che sostituisce alle realtà concrete e viventi, falsa la coscienza collettiva e mantiene nella vita sociale le ultime forme dell'assolutismo: diritto regale del proprietario e del detentore del capitale e diritto regale dello Stato; è lei che, facendo dell'individuo un assoluto, un'unità ontologica dotata di libero arbitrio e bastante a se stessa, isolandolo dai suoi collaboratori e dai suoi associati naturali, opponendolo così ai suoi simili nella lotta per l'esistenza, fa finalmente dell'uomo un concorrente, un nemico e – homo homini lupus – una bestia feroce per l'uomo. È lei che, sostituendo alla società reale, alla società in carne ed ossa, questa entità rivestita di poteri supremi che è lo Stato, fonda il diritto sull'arbitrio e la giustizia sulla legge del più forte: imperium del numero o dittatura d'una minoranza.

* * *

Guerra civile permanente, dissimulata o violenta, all'interno; guerre intermittenti, guerre periodiche all'esterno; questa è l'immagine che ci presenta il pandemonio che si orna del nome di società, in mezzo a cui viviamo.

Ma l'illusione assolutista, autoritaria, punto di partenza di questo disordine organizzato, muore. La ragione si libera ed un nuovo diritto si fa strada. Al diritto artificiale, al diritto metafisico, quiritario, che ora ci governa, succede il diritto naturale e vivente, il diritto sociale ed umano. Un nuovo ordine di cose, in cui ogni traccia di autoritarismo e di barbarie sarà sparita, s'annuncia.

Questo nuovo ordine di cose sarà l'anarchia. Ma questa anarchia razionale è l'antitesi dell'anarchia individualista e particolarista in seno alla quale viviamo. Tra l'una e l'altra c'è antinomia, c'è contrasto e opposizione di principio. Qui l'assolutismo, l'egoismo individuale e collettivo, e, ipocrita o brutale, la violenza autoritaria sotto tutte le sue forme; là, la ragione impersonale, universale, e il diritto umano: la libertà nella giustizia. È una sofisticazione sacrilega, un sofisma verbale, un gioco di parole, quello con cui ci si presentano troppo spesso come atti innovatori, esemplari e «rivoluzionari», dei gesti di pura violenza impulsiva e cieca, degli atti di autoritarismo brutale che non escono dalle consuetudini della vita attuale. Esiste, per quanto si voglia negarlo, una logica delle cose; e il gesto annunciatore della vita nuova, il gesto liberatore da cui uscirà l'avvenire, non potrebbe essere un gesto d'aggressione, un gesto autoritario.

A un dato fine corrisponde un suo proprio metodo. Se ci si vuole adoperare effettivamente ed efficacemente, pel trionfo del diritto umano e dell'umana dignità, la prima condizione da osservare, operando, è di non contraddirsi, di non volger la schiena allo scopo, di non cadere, coi medesimi propri atti, in quell'autoritarismo che vogliamo abolire in favore del diritto.

* * *

Assolutismo o diritto umano? – tale è, in sostanza, il grande, formidabile problema che si impone alla nostra epoca, e che è stato chiamato con questo nome inquietante, divenuto banale a forza d'essere usato irriflessivamente: la questione sociale. Invano dei «barbari istruiti», rimettendo in luce e sviluppando il sofisma di Callicle, cercano di sfuggire all'alternativa col negare il problema, negando, a beneficio della forza, vale a dire dell'assolutismo, la realtà stessa del diritto. Non è vero che, come afferma Schopenhauer, «il diritto è soltanto la misura della potenza di ciascuno» e non è vero che, come pretende Ihering, «la nozione del diritto non è una concezione logica, ma una concezione pura della forza». Non è vero che la forza crea il diritto.

Il diritto è, al contrario, essenzialmente d'ordine logico, poichè dipende, non dall'autorità della forza, ma da quella della ragione, della ragione impersonale. Essere nel proprio diritto, significa aver ragione: significa pensare, dire, volere o fare una cosa giusta e razionale.

Non si tratta qui, ben inteso, della ragione assoluta e sempre presente, immaginata dal razionalismo hegeliano; si tratta invece della ragione umana dalle origini modeste, ma sempre più provata, sempre più chiara e cosciente, in cui l'astrazione è la base e l'elemento primo, e il cui organo essenziale è la parola, in senso grammaticale, la parola che permette all'uomo d'elevarsi al di sopra delle astrazioni dei sensi e di giungere da solo alle astrazioni superiori della scienza e del diritto.

Poichè ciò, ripetiamolo, costituisce l'umanità; è questa «ideologia», è questo culto delle idee, delle idee universali ed impersonali, è questa attitudine ad un idealismo razionale e scientifico, che distingue l'uomo, l'uomo vero, dal bruto antropomorfo, individualista, autoritario e scaltro.

* * *

Oggi udiamo finalmente la voce della ragione, per tanto tempo soffocata e falsata.

Essa proclama la decadenza dell'assolutismo, la dignità umana, il diritto, innato in ogni uomo, allo sviluppo integrale, allo sviluppo normale della sua natura intera. Questo diritto ha per base, per condizione prima, la partecipazione al possesso della ricchezza, prodotto del lavoro collettivo o dono della natura; ed ha per corollario il diritto imprescrittibile di drizzarsi contro gli accaparratori e i violatori del diritto. Ma esige anche – questo diritto umano, questo diritto comune a tutti – esige anche, eccetto il caso di legittima difesa, il più scrupoloso rispetto della persona altrui. All'anarchia attuale, regime autoritario, regime del disordine, esso oppone l'anarchia, regime di mutuo rispetto, l'anarchia razionale, «avvenire dell'Umanità».

PARTE TERZA

L'INTEGRAZIONE UMANA.

53

I.

CONSIDERAZIONI PRELIMINARI.

Essere uomini, nell'intero significato della parola, essere uomini compiuti, ecco il grande scopo, che ci pone la vita.

Noi siamo ancora barbari, scriveva il vecchio Blanqui ; noi siamo ancora in uno stato intermediario fra la scimmia e l'uomo, tra la bestialità originale e l'umanità perfetta. «L'uomo, bestia feroce, parente del gorilla, è partito dalla notte profonda dell'istinto animale per arrivare alla luce dello spirito.... È partito dalla schiavitù animale e, attraversando la schiavitù divina, termine transitorio tra la sua animalità e la sua umanità, cammina oggi alla conquista e all'attuazione della libertà umana» . Così il bruco passa attraverso lo stato di crisalide per divenir farfalla.

Questa integrazione della nostra natura, questo espandersi delle nostre virtualità liberate, questo «stato perfetto» dell'essere umano, da quali caratteri sarà principalmente contrassegnato? Quali ne saranno le caratteristiche? Questo importa individuare e definire, questo importa conoscere, se ci si vuole orientare nella vita con cognizione di causa, da uomini coscienti della propria natura, del proprio posto nell'universo e dell'aspirazione intima del proprio essere.

Invano ci si vorrebbe spogliare, con Stirner e Nietzsche della nostra qualità d'uomini, poichè questa non è un vestito che si può deporre, ma è inerente alla nostra stessa natura; non è un nome vuoto di cui imbacucchiamo a piacere il nostro «Io» unico e sovrano, ma corrisponde ad una realtà profonda. «La natura, come dice Seneca, ci ha fatti parenti»; ed a questo rapporto di famiglia, a questa profonda, organica solidarietà, che fa di noi, collettivamente, degli uomini, – o almeno degli esseri umani, degli uomini in potenza e in formazione, – non c'è nessuno, nè «Unico» nè «Superuomo» che si possa sottrarre. «Noi siamo le membra di un gran corpo», e soltanto l'aberrazione metafisica, perdendo di vista la realtà, può condurre fino all'egotismo contro natura ed al «delirio d'ambizione» e d'orgoglio che rinnegano la umanità.

Nobiltà, dignità, indipendenza, scala dei valori; tutto ciò non può essere fondato e rimane senza base, al di fuori della storia naturale e

54

dell'antropologia, al di fuori della scienza dell'uomo. L'umanità è la nostra regola psicologica, è la legge della nostra natura.

Che cosa implica dunque questa umanità completa e perfetta a cui noi tendiamo, a cui siamo portati dallo sviluppo normale del nostro essere e dall'evoluzione naturale della vita, verso la quale infine ci spinge il sentimento della nostra dignità?

II.

L'AUTONOMIA.

L'autonomia, prima di tutto, – la piena autonomia che risulta dallo stato scientifico della coscienza e dalla maggiorità della ragione, l'autonomia libera da tutte le finzioni teologiche o metafisiche, da tutte le illusioni che l'hanno sviata e asservita sin dall'infanzia dell'umanità.

Il centro, il nocciolo, il punto di partenza e di appoggio di tutte queste illusioni, è l'illusione della causalità assoluta, l'illusione autoritaria, l'illusione del libero arbitrio, dalla quale sono nate tutte le superstizioni primitive e sulla quale riposano e con la quale pretendono giustificarsi il diritto di proprietà e il diritto penale che dominano e regolano, nel suo stato attuale, la nostra vita collettiva.

Ma questa illusione iniziale, questa illusione madre, è stata vinta dalla critica realista e determinista a cui ogni giorno cede sempre più terreno. Il miraggio dell'assoluto e dell'arbitrario si dissipa a poco a poco; la superstizione muore e le entità metafisiche svaniscono. E mentre lo Stato, – entità collettiva; creazione della metafisica sociale, – malgrado le sottigliezze «collettiviste» perde a poco a poco il suo prestigio e il suo ascendente provvidenziale, mentre l'«Io», altra entità metafisica, malgrado i sofismi individualisti, malgrado gli altari che gli ha innalzato l'egoismo, perde a poco a poco ogni credito, e cessa d'essere altra cosa che una vana parola e un soggetto di chiacchiere senza fondamento, la natura umana si espande, liberata degli ultimi ostacoli che essa stessa si era creati; e l'uomo infine appare nella pienezza della sua autonomia.

Questa autonomia si presenta, così come il termine naturale d'uno sviluppo, di un'evoluzione, in cui ogni grado, ogni fase è un progresso della libertà, una diminuzione dell'autorità, un passo di più verso la liberazione della crisalide umana.

A tutta prima questa evoluzione si traduce nella liberazione dalla cappa di piombo capitalista e governativa, che comprime e paralizza il libero slancio dell'umanità e lo svolgersi normale della vita. Questo fenomeno fisiologico, questo mutamento, è la condizione prima e, nello stesso tempo, il segno visibile, del trionfo definitivo della libertà, la condizione ed il segno dell'avvento dell'autonomia umana, dell'autonomia illuminata, cosciente e razionale dell'uomo libero da tutte le finzioni giuridiche, da tutte le superstizioni, da tutti i feticismi, da tutti gli assoluti. Ultime traccie dell'assolutismo barbaro, il danaro e lo Stato sotto qualunque forma si presentino, comunque si riformino, sono destinati a sparire sotto la spinta organica della storia e la spinta onnipotente dell'evoluzione umana.

* * *

C'è, d'altronde, bisogno di farne notare ancora i delitti, l'impotenza a fare il bene, l'ingiustizia? C'è bisogno di ricordarne tutti i difetti, tutta la malvagità naturale, congenita, organica?

Quello che importa, in ogni caso, notare prima di tutto con insistenza, è, a dispetto delle pompose e «sapienti» dissertazioni degli economisti, ortodossi o no, l'equivalenza concreta e la sinonimia dei due termini: capitale e moneta. Blanqui su questo argomento, col suo senso penetrante della realtà, ha veduto molto più chiaramente di Marx, il cui apparato pedantesco non copre che una vuota metafisica! Il capitale è moneta e nient'altro: tutta la logomachia del mondo non ci può far niente. Del resto il buon senso popolare non s'inganna; egli considera suoi nemici il danaro, l'oro, la carta monetata, simbolo del diritto di proprietà e del potere economico che, accumulandosi in certe mani, dà origine al privilegio e allo sfruttamento: il sistema monetario insomma, la cui sola esistenza genera il mercantilismo con tutte le sue conseguenze.

Il nemico, inoltre, è lo Stato, il potere politico. La sottigliezza dialettica di certi suoi difensori ha un bel disimpegnarsi con giuochi di parole, distinguere lo Stato amministratore dallo Stato governo e opporre l'una all'altra queste espressioni ingannevoli; non rimane meno vero che lo Stato è una forma politica di aggruppamento umano, vale a dire, secondo la storia e secondo la sua natura, una forma ingrandita – e decaduta – della città e dell'aggruppamento territoriale , e che non se ne potrà mutare la natura e il carattere fondamentale attribuendogli, o piuttosto restituendogli le funzioni economiche che ha perduto nel corso dei tempi e con lo sviluppo del progresso.

Lo Stato è, per natura, un organo d'oppressione, una creazione dell'assolutismo, e invano si pretenderebbe farne un organo di giustizia. La decentralizzazione di cui si vanta l'efficacia, sarebbe la sua morte, se si fosse logici e si andasse fino in fondo. Poichè è la centralizzazione e l'unità imposta, parziale o no, che costituisce lo Stato; e riconoscere il principio d'autonomia significa implicitamente, logicamente, condannare lo Stato, anche democratico; significa, per l'appunto, aprire la porta, malgrado lui e contro di lui, al diritto imprescrittibile delle minoranze e degli individui.

* * *

Lo Stato come la moneta, la moneta come lo Stato, sono dunque condannati a scomparire dalla evoluzione naturale della storia, dalle esigenze della natura umana, dalla ragione cosciente dell'uomo, divenuto maggiorenne. Una volta scomparse queste superfetazioni oppressive, l'uomo potrà finalmente essere interamente uomo; liberato dalla loro stretta, potrà, in pieno possesso di sè, avere veramente la direzione della sua vita.

Ma non bisogna dimenticare che questa autonomia perfetta, prima esigenza della nostra dignità di uomini, di persone superiori, non esige solo una trasformazione puramente oggettiva delle condizioni materiali della vita, ma implica anche uno stato morale e psichico che bisogna precisare.

Notiamo prima di tutto che questa autonomia integrale, per quanto razionale sia, non ha niente di comune con l'autonomia assoluta, di cui Kant fa la condizione e la base della nostra dignità.

Per Kant infatti, l'autonomia risiede nella determinazione della volontà per mezzo della ragione pura; è libero quegli solo che regola la sua condotta al di fuori di ogni influenza sensibile; è schiavo, al contrario, quegli le cui decisioni subiscono in un modo qualsiasi queste influenze.

L'uomo libero ed autonomo, per esempio, deve volere la felicità altrui, non per simpatia verso gli altri o perchè la felicità universale lo seduce, ma per obbedire alla ragione che gli detta il suo dovere, dettandogli le categorie universali, assolute, aprioristiche, del bene e del male. «Non c'è nessuna moralità, dice Kant, ad agire per simpatia, per compassione, per carità; questi atti sono contro la morale».

È nota, a questo proposito la famosa sortita di Schiller:

«Scrupolo di coscienza: Io rendo volentieri servigi ai miei amici, ma, ohimè! lo faccio per inclinazione ed ho così spesso il rimorso di non essere virtuoso».

«Deduzione: Non hai che da fare una cosa. Bisogna cercare di disprezzare questa inclinazione e fare allora con ripugnanza, ciò che ti ordina il Dovere».

Kant stesso del resto constata, con una certa amarezza, che il distacco assoluto ch'egli predica non è di questo mondo: «In realtà, dice, è assolutamente impossibile stabilire, per esperienza e con perfetta certezza, un solo caso in cui un'azione, d'altra parte conforme al dovere, non abbia avuto altra base che dei principii morali e la rappresentazione del dovere. Dovunque non si riscontra che il caro se stesso invece dello stretto precetto del dovere» . La verità è che la sensibilità, come la ragione, fa parte integrante della natura umana, e che non si amputa così un essere vivente di ciò che costituisce la sua realtà individuale, di ciò che lo fa essere lui – e non altri – e senza di cui non si comprende come si potrebbe legittimamente dire ch'egli si determina da se stesso o che egli è «autonomo».

La maggior parte dei kantiani, è vero, come del resto la maggior parte degli spiritualisti, stabiliscono una distinzione tra l'individualità che s'incarna nell'organismo, e la persona, costituita da questi due elementi: ragione e libertà. Ma che cos'è ciò se non un artificio dialettico e l'espressione del pregiudizio spiritualista? Certo si possono discernere, si possono caratterizzare in noi delle inclinazioni dipendenti dalla ragione; ma di queste inclinazioni la ragione non è, se non parzialmente, la causa, poichè la personalità non si distacca mai dall'organismo individuale, e si può dire ch'essa è l'individualità stessa, nelle sue parti più alte e più umane.

Se lo scienziato si oblia nella scienza, se l'uomo di fede si consacra al suo ideale, il modo con cui essi rispettivamente lo fanno, è improntato alla loro propria sensibilità e rivela le loro inclinazioni native. Nella realtà la persona umana non è determinata mai dalla ragion pura, nè mai si trova l'autonomia assoluta, quale la sognava Kant.

Come definire dunque uno stato morale in cui l'uomo non trasmette più ad altri il suo potere, ma si governa di sua testa?

Questo stato è, si può dire, essenzialmente uno stato opposto a quello ipnotico. L'individuo autonomo è quello che non è posseduto da nessuna ipnosi, che non è soggiogato da nessun fascino, che non è dominato e non è asservito ad alcun feticismo. Stato fisico, stato magnetico, ed anche stato morale: stato ben conosciuto dagli iniziati di tutti i tempi.

Questa autonomia perfetta, questa piena padronanza di sè non è solamente negativa, ma suppone anche una disciplina interna, derivante dall'ascendente morale della ragione risanata e liberata, e riprendente i suoi diritti in un realismo illuminato e cosciente; una disciplina razionale che, senza disconoscere i diritti della sensibilità nella sua interezza, non lascia posto nè alla tirannia interna, nè a quella esterna.

Questo la distingue dall'anomia, dall'indisciplina, che è la negazione pura e semplice di ogni regola, sia questa dogmatica o razionale. L'uomo cosciente non ignora che «non si trionfa della natura se non obbedendo alle sue leggi», e, se è senza dogmi, non è senza principii e senza disciplina. La questione è di definire questa disciplina, di sapere quello che essa deve essere per non essere dogmatica, aprioristica, arbitraria, per non ledere la dignità umana. Ma l'avere per principio di non aver principii, racchiude prima di tutto una contraddizione ed una impossibilità psicologica; di poi, praticamente, questo ideale assurdo e impossibile, se si tentasse di viverlo, invece di fortificare l'individuo, riuscirebbe solo a dissolverlo e ad annichilirlo in una impulsività radicale. Una forte attività presuppone principii solidi; e, senza idee direttive, senza disciplina razionale, l'uomo non potrebbe dire che si governa da sè; non sarebbe che una nave sballottata a caso fra le onde, alla mercè degli elementi, senza bussola e senza timone.

In realtà ognuno ha dei principii, che, veri o falsi, giusti o erronei, traggono origine e nascono dalla ragione; è questa una funzione naturale e fisiologica, poichè è ragionando – o sragionando – sui fatti che osserva, che l'uomo si fa un'idea sintetica del mondo e di quello che deve fare, ed è così che regola la sua attività, la sua vita, la sua condotta.

Ma queste regola, questi principii, possono essere viziati dall'assolutismo, dall'illusione metafisica ed autoritaria, dalla credenza e dalla sommissione ad una eteronomia qualunque.

Anche la scienza può prestarsi a queste deviazioni dello spirito, tanto che noi abbiamo visto certi storici, come certi sociologi, attribuire alla disciplina che apporta la scienza, alla disciplina dell'uomo cosciente, un carattere d'eteronomia radicale che sarebbe la negazione di ogni autonomia e di ogni vera dignità. Secondo loro, sono le cose esteriori, e non noi stessi, che ci dirigono fatalmente, che ci indicano la linea di condotta razionale da seguire; ed a noi non resta che sottometterci ed obbedire.

«La natura e la storia, dice il Taine, hanno anticipatamente scelto per noi; tocca a noi di adattarci ad esse, perchè è sicuro ch'esse non si adatteranno a noi». E numerosi sociologi, pur tenendo un altro linguaggio, arrivano alla stessa conclusione: per loro non sono più le predisposizioni etniche o i decreti della storia, ma sono le condizioni sociologiche che decidono sovranamente della sorte della società e del destino umano. Una volta che si conoscano la legge delle relazioni sociali ed il determinismo della loro azione fatale sugli individui, si sa dove si deve giungere e quale è la via da seguire, la via che sarà senza fallo seguita. Per gli uni come per gli altri la regola della nostra condotta è al di fuori di noi: è nella fatalità delle cose, e la saggezza si confonde colla rassegnazione.

Ebbene, questo assolutismo, per quanto «scientifico» si creda, vale quanto l'altro: non è cosa diversa dalla pura metafisica e dal determinismo semplicista. Non appena invece si vedono le cose, tali quali sono realmente, vale a dire essenzialmente e infinitamente complesse, si distingue in questa stessa complessità la condizione ed il fondamento di una certa autonomia, d'un certo potere di selfdetermination dell'individuo. Solo una semiscienza, una scienza unilaterale, può concludere col fatalismo e con la passività.

Evidentemente, lo sappiamo, nelle determinazioni più spontanee e più volontarie, c'è una parte di influenza esteriore, ma se l'azione dell'ambiente è certa, (checchè ne pensi l'Evoluzionismo mistico) l'ambiente non è tutto; l'energia increata dell'essere vivente – increata e, perciò, irriducibile all'ambiente, – ha anch'essa la sua funzione; e l'autonomia che ne risulta, va crescendo collo sviluppo della coscienza, della lucidità e del sapere, per giungere alla sua pienezza attraverso la conoscenza scientifica del mondo, fine di tutte le illusioni autoritarie e liberazione da ogni assolutismo.

LA SOCIALITÀ.

Tutto questo, però, non significa affermazione del regno dell'arbitrio individuale, dell'individualismo. L'uomo che possiede veramente se stesso, che è veramente uomo, è personale e sociale, ad un tempo. La socialità è, come l'autonomia, una qualità essenziale, una caratteristica dell'uomo normalmente sviluppato e completo.

È stato discusso indefinitamente, è stato cavillato, è stato ragionato fino alla demenza, fino alla negazione della sana ragione e del buon senso, sull'egoismo e l'altruismo, come principii assoluti, sul dovere della solidarietà, sulla socialità come forma di egoismo, ecc. Vani giochi di parole, se non giungessero a turbare ed a falsare il senso morale, il senso sociale, la coscienza! In realtà tutto questo è sempre la mania dell'assoluto. Il dovere naturale dell'uomo non ha niente di questo semplicismo dogmatico ed esclusivo, poichè non è nè esclusivamente egoista, nè esclusivamente altruista, nè ciecamente solidarista, ma deriva dalla natura sociale dell'uomo. Tutto questo fracasso di parole e di pretesi principii scompare, se si abbandona sensatamente la folle pretesa dell'assoluto e ci si applica, come un naturalista ed un fisico, allo studio positivo della realtà umana.

L'uomo, come tutti gli animali bisessuati, è un animale sociale. Non si tratta qui d'un principio metafisico, ma d'un istinto profondo, organico. Questa socialità s'è sviluppata attraverso le età successive, attraverso la serie animale, e i gradini della scala zoologica, vera scala naturale dei valori; e tende a giungere nell'uomo alla sua piena espansione, contrastata ancora dalle condizioni economiche e politiche della vita.

Noi vediamo questa socialità, apparire, manifestare i suoi primi effetti con i primi rudimenti della vita comune; il senso morale nasce e si perfeziona così coll'associazione. I due fenomeni sono concomitanti: essi sono solidali.

Ma il carattere sociale della vita è universale. Non è ciò solo un fatto della vita animale, ma si estende a tutto l'universo; è atomico e cosmico. La socialità umana non è che questa tendenza naturale valorizzata e fortificata dalla ragione e dall'abitudine: tale è la genesi del senso morale, la genealogia della moralità, il fondamento naturale, fisiologico, fisico della morale umana.

La socialità è dappertutto – allo stato latente o manifesto: certi corpi si combinano e si amalgamano fra loro; altri non si combinano e non si amalgamano... Affinità chimica, forma elementare della socialità e dell'associazione. Questo per la materia bruta; passiamo ora a quella vivente. Gli organismi viventi, dai più semplici ai più differenziati, che cosa sono se non delle vere società, delle associazioni di elementi biologici? Esiste inoltre, dal punto di vista oggettivo, una linea divisoria netta tra gli organismi detti biologici e gli organismi detti sociali? In realtà ogni essere vivente è una società, come ogni società, animale od umana, è un essere vivente. La società è costituita dall'azione reciproca, spontanea e costante da individuo a individuo, da unità a unità, qualunque sia la vicinanza o la lontananza materiale di questi individui, di queste unità. Così, malgrado il loro contatto immediato, due pezzi di macigno sovrapposti non formano un'associazione, perchè non si esplica dall'uno all'altro un'azione spontaneamente reciproca. La distanza dunque importa poco, e si può dire che non ci sono differenze essenziali, fondamentali, tra la vita d'una società umana, per esempio, e quella di una collettività cellulare. Vita e socialità vanno di pari passo e dove si manifesta l'una, si manifesta anche l'altra.

La socialità non è, d'altra parte, che la manifestazione della tendenza naturale della vita, in ogni essere vivente, a intensificarsi. L'associazione, è stato detto, non rappresenta una semplice addizione di forze, ma una moltiplicazione della potenza degli elementi associati. Occorre forse ricordare ancora, per fissare le idee, l'esempio classico dato da Gian Battista Say, a proposito della fabbricazione delle carte da giuoco? Con esso egli ci dimostra praticamente tale moltiplicazione delle forze, facendoci vedere che trenta operai, per mezzo della collaborazione, giungono a fabbricare 15 mila carte al giorno, cioè 500 a testa, mentre ogni operaio, isolato, ne potrebbe appena produrre due al giorno... In questo caso il risultato dell'associazione è una potenza 250 volte superiore alla semplice addizione delle forze. E questo esempio non è che un fatto tipico fra mille; esso esprime una legge naturale, poichè l'associazione sincera amplifica sempre l'azione e moltiplica le attività delle unità associate.

Non soltanto l'associazione rende attiva la vita; ma la prolunga, la rende più durevole. Mentre alcuni organismi unicellulari durano appena qualche ora, le cellule associate che costituiscono il corpo umano – e che sono tuttavia analoghe a certuni di quei protozoi – giungono a vivere degli anni; certi animali, mentre isolati non sfuggono ad una distruzione rapida, riuniti in gruppo si assicurano una vita normale incomparabilmente più lunga. Mentre nelle collettività minuscole la vita dell'uomo, esposta a tutti i pericoli e a tutti i rischi, non sorpassa, sembra, una media da 10 a 12 anni, nelle nostre società molto più vaste e meglio organizzate, la media della vita raggiunge già una cifra quadrupla e continua ad elevarsi sempre più.

Questo accrescimento di potenza vitale, questo accrescimento di vivacità prodotto dall'associazione, si traduce dunque in accrescimento d'azione immediata e in accrescimento di longevità.

Non si tratta nondimeno di vedere nella socialità un calcolo, nell'associazione un principio puramente razionale; l'accrescimento di vita e d'azione è un fatto fisico, organico, spontaneo, prima di essere uno scopo della ragione ed un effetto della volontà. La socialità è una virtù – nel senso etimologico della parola, – una virtù naturale, impulsiva, incosciente, prima d'essere un mezzo ragionato e un principio finalistico. In origine non c'è nè intenzione, nè ragione ragionante; non c'è che una legge naturale, universale, dipendente dall'essenza stessa della vita organizzata. E questa legge naturale d'associazione si manifesta tanto nella vita cellulare o atomica più infima quanto nella vita più cosciente e più alta; non è insomma che un aspetto della legge fisica d'economia delle forze, della legge universale del minimo sforzo pel massimo effetto.

* * *

La prima manifestazione zoologica di questa legge universale, di questa legge cosmica è l'istinto sociale, che precede la socialità cosciente e ragionata, come l'impulso precede la ragione: è la forma elementare, la forma embrionale, della società animale ed umana.

Sotto la spinta irresistibile di questo istinto, la solidarietà materiale, involontaria, imposta, fortuita, la solidarietà frusta del cosmos primitivo, cede a poco a poco il posto alla solidarietà sociale, volontaria, spontanea, elettiva. È la legge del progresso: alla coesione forzata si sostituisce sempre più largamente, sempre più vittoriosamente, l'associazione per affinità, l'amore.

Questa rivoluzione comincia colla vita organizzata, si sviluppa attraverso la serie innumerevole delle collettività viventi, dai più semplici aggregati plastici, sino alla vasta società umana. Essa ha per base, per punto di partenza, la funzione della generazione, il legame di parentela e di simpatia fisiologica che unisce organicamente, fraternamente, gli elementi d'uno stesso ceppo, della stessa natura. Sotto l'azione di questo fattore, nuovo, la vita collettiva s'organizza, si accresce, si perfeziona; una morale naturale si sviluppa, espressione e strumento di questo perfezionamento, organo di questo progresso; l'altruismo si afferma e si consolida a lato dell'egoismo, la socialità s'intensifica ed allarga la sua cerchia.

È così che dallo stato di semplice aggregamento, i gruppi umani passano gradualmente ad uno stato sociale sempre più perfetto e sempre più esteso. È così che, partita dall'orda primitiva, l'umanità traversa la fase dell'aggruppamento territoriale; dell'aggruppamento politico , per arrivare infine all'associazione libera degli individui secondo le loro affinità reciproche e all'abolizione delle frontiere; è così che l'uomo comincia col civilizzarsi per finire col socializzarsi pienamente.

Questa socializzazione si opera in estensione e in profondità. La socialità cresce nello stesso tempo in estensione e in intensità. È il movimento stesso della storia, la sua legge. A misura che l'uomo diviene uomo, a misura che egli si libera dalla brutalità primitiva, la disciplina sociale si sviluppa, si raffina, nello stesso tempo che si va allargando la cerchia del mondo. La cortesia, la cortesia reale, l'arte di vivere in società, il saper vivere, nel senso integrale e cosciente della parola, fioriscono sempre più nei rapporti umani. L'altruismo, la cura degli altri, si generalizza e l'uomo obbedisce alla sua natura d'uomo.

Così la collettività umana tende sempre più a divenire una società, un'associazione universale. La socialità nativa e virtuale dell'uomo, il suo istinto sociale, si trasforma a poco a poco in socialità effettiva; l'essere umano si disciplina per la vita in società e per mezzo di essa, per una vita sociale sempre più delicata, sempre più solidale e sempre più larga, e per mezzo di essa.

Ma non inganniamoci: questa disciplina sociale crescente, questa socializzazione sempre più perfetta dell'individuo umano, non hanno niente della meccanizzazione sognata dagli autoritari. Dal fondo stesso della natura umana scaturisce spontaneamente il bisogno d'accordo e d'armonia, questo istinto di coordinazione fraterna che viene a rinforzare e a sviluppare la pratica e l'esperienza della vita. Nel suo magistrale studio sul Genio dell'organizzazione , Van Gennep ha ammirabilmente mostrato quanto valgono, a questo proposito, le elucubrazioni sapienti dei dottori in militarismo. Ridurre «la scienza della civilizzazione» e della «organizzazione» a un semplice problema di meccanica, basandosi sull'utilizzazione più economica possibile del «materiale umano», vuol dire eliminare precisamente l'elemento morale, che è l'elemento essenziale dei rapporti sociali, dei rapporti umani; vuol dire sprezzare, in un sogno vano di dominazione egoista e di imperialismo senza vergogna, tutto ciò che forma il valore della personalità umana, il valore della vita. La vera disciplina umana, la disciplina sana e feconda, non si impone dal di fuori, ma sorge dall'individuo stesso, è l'opera vivente, sagace e voluta della sua profonda spontaneità e della sua coscienza autonoma.

Questa lucida saggezza è, in realtà, proprio il contrario della passività meccanica, che sta al fondo di ogni dottrina statalista, come in fondo ad ogni dinamismo metafisico. La condotta umana è essenzialmente d'origine psicologica; e se il mondo esterno agisce sempre per qualche verso sulla volontà, la natura energetica dell'uomo fa sì che egli non possa essere ridotto ad una funzione puramente passiva. Checchè ne pensi specialmente la scuola materialista di Marx, la funzione delle ideeforze, la funzione dell'immaginazione e del senso intimo, la funzione dell'impulso psichico è di capitale importanza; poichè da lei deriva, da lei, in ultima analisi, dipende la disciplina morale dell'uomo; e la storia del progresso umano è la storia stessa dello sviluppo della coscienza e della ragione creatrice.

IV.

LA GIUSTIZIA UMANITARIA.

L'uomo regola la sua condotta a seconda della sua concezione del mondo e della vita, per quanto incompleta e rudimentale questa possa essere.

L'evoluzione umana perciò è essenzialmente, non dispiaccia ai fanatici del marxismo e agli apologisti della forza brutale, un'evoluzione filosofica. La questione sociale non è una semplice questione materiale, ma è anche e sopratutto una questione di coscienza, di concezione cosmologica, di ragione e di giustizia; la questione intellettuale e filosofica la domina e ne dà ragione.

Il sentimento del diritto è, in realtà, la forza motrice per eccellenza delle società umane. Nel mondo umano la vera forza, la forza sovrana e specifica è il diritto, il quale determina le leggi dei rapporti, arma la coscienza morale dell'individuo ed è il principio organico della vita collettiva.

Ma il diritto, come la scienza, trae origine dalla ragione umana. È la ragione, forza creatrice, che dà vita a queste forze novelle, che le fa apparire nel mondo e, specialmente per quello che riguarda l'uomo, si può dire che la ragione crea la forza.

Si tratta però della ragione umana, ragione vivente e feconda, ragione creatrice, che non bisogna confondere con la ragione morta, mummificata ed assoluta dei metafisici, o con l'idea immobile di Platone.

Certo, l'istinto di giustizia esiste prima che ogni ragione discorsiva ed esplicita; ma, come dice Elia Reclus, «l'istinto, per quanto sagace, ingegnoso e impetuoso sia, non giungerà mai alla comprensione vasta e luminosa delle cose che la ragione elabora silenziosamente e sicuramente» . È vero che questa comincia collo sviarsi, col cadere in immaginazioni false, col nutrirsi di miraggi, di illusioni, di chimere, di idee vuote ed assurde, per giungere poi alla superstizione e all'assolutismo. Ma, a poco a poco, a contatto colla realtà, essa si disciplina, si fortifica, si sviluppa, si libera dai vani sogni della sua infanzia, cresce in giustezza ed in potenza, raggiunge finalmente il suo equilibrio normale e la sua maggiorità scientifica. Questo è il corso naturale dell'evoluzione mentale, quale Comte l'ha notato nella sua legge dei tre stati.

Questa evoluzione della ragione, evoluzione mentale, filosofica e morale, porta con sè l'evolversi della concezione della giustizia. L'organizzazione sociale non è, infatti, che un prolungamento dell'organizzazione del mondo e la giustizia non è che un aspetto dell'ordine universale. Quindi ogni cangiamento nella concezione sintetica dell'universo, ogni progresso della filosofia, implica un cambiamento nella concezione dei rapporti umani, un progresso verso una giustizia più giusta.

Giustizia più giusta, ma anche giustizia più clemente, giustizia più veramente e pienamente umana, penetrata di quello spirito di bontà, senza cui l'umanità è vana parola e la stessa giustizia una crudele lusinga, un'ingiuria permanente all'equità ed al diritto umano.

Difatti il progresso in senso generale è sopratutto, in ultima analisi, un progresso della clemenza, un progresso dell'armonia delle cose e degli esseri, un addolcimento crescente della vita e, per coronare questo sviluppo organico, un espandersi della dolcezza e della bontà umana... Non però di quella bontà senza forza, di quella bontà abulica e passiva predicata dal buddismo, nè di quella dolcezza rassegnata, fatta di debolezza e di rinuncia, magnificata dall'evangelismo cristiano, ma d'una bontà virile, fatta a volta a volta di forza e di dolcezza, di giustizia scrupolosa e di tenerezza umana.

Bontà volontaria, nello stesso tempo che organica; virtù – e non debolezza – ma virtù istintiva e ragionata nello stesso tempo. «Sarebbe vero, diceva già Montaigne, che per essere completamente buoni, bisogna esserlo per una proprietà occulta, naturale ed universale, senza legge, senza ragione, senza esempio?».

Ma il germe della clemenza umana è anteriore ad ogni ragione ragionante. Già nell'umanità primitiva, nelle razze zoologiche, il bimbo, il piccolo, non è oggetto e causa di clemenza? «Il solo fatto della sua esistenza prova, nota giudiziosamente Elia Reclus, che non è il Diritto del più forte, come hanno detto i filosofi di vista corta, ma il Diritto del più debole che prevale nell'umanità, come nelle razze animali» .

Quando più tardi la ragione interviene, essa opera su dati già acquisiti, e su questi dati impulsivi essa viene ad innestare un elemento nuovo e regolatore:

il pensiero filosofico, sorgente cerebrale ed intellettuale di disciplina e di giustizia.

Questa disciplina, questa giustizia, variano col variare della concezione del mondo, che le domina. Teologiche in un primo tempo e feticiste, dipendenti dall'arbitrio e dall'autorità divina, esse esauriscono successivamente nella loro evoluzione progressiva la serie delle incarnazioni di una superstizione che diviene sempre più astratta e immateriale, per finire col non essere più che un gioco di entità verbali e di astrazioni metafisiche. Infine, una volta estinta ogni superstizione e scomparsa ogni fantasia autoritaria, esse trovano definitivamente il loro principio e la loro forza in un realismo scientifico, spoglio d'ogni superfetazione illusoria. Il loro carattere è legato a quello della filosofia da cui dipendono, di cui esse sono il fine pratico; ed è legato a quello della cosmologia, di cui esse sono la continuazione logica, e che fornisce loro il principio che le determina, l'immagine sovrana che le concreta, le realizza e le anima.

Questa immagine è, prima di tutto, quella della divinità, simbolo dell'arbitrio, origine dell'obbedienza passiva e dell'abdicazione di se stessi. Ma a poco a poco la ragione umana si libera di queste fantasmagorie, e rifiuta ogni metafisica, ogni illusione autoritaria, ogni assoluto, per non prendere d'allora innanzi il suo criterio che nell'idea generale ed universale d'umanità, nel simbolo vivente, scientifico e concreto ad un tempo, del grande organismo collettivo, dell'organismo umanitario.

Questo realismo grandioso concilia il più pratico buon senso col più generoso idealismo; questo umanitarismo cosciente concilia la forza con la clemenza; unisce, in una sintesi redentrice, che è come il fiore della vita terrestre, l'energia con la dolcezza, la fermezza con la tenerezza, la giustizia con la carità. Questo umanismo integrale è il termine promesso di tutta la storia umana, di tutta l'evoluzione zoologica. È questo che Nietzsche non ha compreso, nel suo traviamento, nella sua follia d'orgoglio e di rigidezza, nella sua megalomania antiumana e nel suo «immoralismo» feroce, in quel suo disconoscere sistematico e radicale del «gran fine della carità umana, in cui consiste l'interesse permanente della vita».

V.

IL REGNO UMANO.

La verità è che, a misura che la vita si fa più armoniosa e più clemente, si fa anche più delicata; e lo sviluppo normale della vita cosciente sul nostro globo prosegue per mezzo d'una diminuzione crescente della brutalità e della grossolanità originali, e per mezzo di un aumento sempre maggiore della delicatezza e delle forze sottili dello spirito. «Visitate, dice Vilfredo Monod, un museo di paleontologia, meditate sugli scheletri giganteschi della fauna antidiluviana: essi rivelano una drammatica e sublime storia, la rivalità secolare tra il cervello che s'ingrandisce e il midollo spinale che diminuisce ».

In principio l'organo predestinato del pensiero si trova, impercettibile, al termine d'una schiena e d'un collo smisurati, come un lampione all'estremità d'una pertica. Ma, a poco a poco l'ingombrante meccanismo dai riflessi ciechi e dagli istinti brutali cede di fronte all'encefalo vincitore, che riempie lentamente la scatola cranica, rende convessa la fronte, arrotonda la testa a cupola protettrice, a cupola di santuario. La culla dell'intelligenza è già pronta ». L'idea meditata prende il sopravvento sull'impulso riflesso.

Ma questo «impero divino della ragione» non è quello dell'insensibilità: esso è anche l'impero dell'affettuosità umana, della tenerezza affettuosa dell'uomo pei suoi simili, pei suoi fratelli, per tutti i suoi fratelli prossimi o lontani. Intelligenza e sensibilità sono inseparabili. Lo sviluppo dell'intelligenza non è che un aspetto, una forma dello sviluppo più generale della sensibilità e dell'energia dell'essere vivente. Lo svegliarsi progressivo della ragione – della ragione sensata – va insieme allo svegliarsi progressivo dell'impressionabilità e specialmente dell'impressionabilità simpatica.

Così si sviluppano nello stesso tempo e con lo stesso slancio, l'intelligenza e la clemenza umane; così l'uomo, l'essere umano si umanizza sempre più e l'antropoide, liberandosi a poco a poco dalla stoltezza e dalla brutalità ancestrale, cammina con un passo sempre più fermo e sicuro verso l'integrità umana, verso il trionfo della giustizia umanitaria, verso il regno radioso della verità scientifica e della bontà completa.

Sarà, proprio, un nuovo «regno» della natura: il regno umano, in cui la lotta e la selezione, spostate, non si eserciteranno più sugli individui, ma sulle idee, sulle idee concretate dalla stampa; nel quale così la legge d'evoluzione s'affermerà senza urti, nell'armonia e nella pace, per la maggiore felicità di tutti; nel quale infine l'amore avrà vinto e detronizzato l'odio.

71

sulle idee concretate dalla stampa; nel quale così la legge d'evoluzione s'affermerà senza urti, nell'armonia e nella pace, per la maggiore felicità di tutti; nel quale infine l'amore avrà vinto e detronizzato l'odio.

CONCLUSIONE

PROPOSIZIONI FONDAMENTALI D'UNA

FILOSOFIA DELLA DIGNITÀ UMANA.

Al mio caro e venerato amico G. De Greef.

I.

Il determinismo universale è una verità; ma la libertà (relativa) e la responsabilità (relativa) non sono «illusioni», nè una «pia menzogna»: sono fatti, altrettanto veri quanto il determinismo universale, e niente affatto in contraddizione con questo.

Non bisogna confondere la libertà relativa, e suscettibile d'accrescimento e di sviluppo, così concepita, colla libertà assoluta dei seguaci del Libero Arbitrio.

Non bisogna neppure confondere responsabilità ed imputabilità. Dopo il Congresso d'antropologia del 1889, si è a sufficienza e giudiziosamente insistito sui danni teorici e pratici della confusione di queste due nozioni, assai differenti.

II.

In realtà il problema che non è ancora risolto è il problema non del determinismo, ma del fatalismo; quello della natura della volontà. È la psicologia dell'ideale che è in questione.

Si tratta di sapere se noi abbiamo soltanto l'illusione di volere, ed il nostro ideale non sia che il prodotto d'un determinismo esteriore, – senza intervento d'una spontaneità personale, soggettiva, irreducibile all'ambiente, non importa in quale momento e malgrado ogni regresso.

Spontaneità determinata, ci si dice. – Certamente; ma è determinata dall'esterno o dall'interno? – Qui è la questione.

III.

La concezione energetica del mondo e della vita, a cui tende sempre più la scienza contemporanea, permette di dire che, in mezzo alle determinanti diverse che contribuiscono ad un'azione, bisogna non trascurare l'energia personale, elemento d'autonomia e di autodeterminazione. Tanto più importa non disconoscere questo potenziale umano, parte personale dell'energia universale, eterna, increata, in quanto è lui che produce la grandezza e il progresso della nostra umanità ed è il fondamento delle nostre più alte speranze.

IV.

La dignità della vita, in realtà, riposa e si fonda sulla forza morale, la quale non è che una forma superiore dell'energia personale, disciplinata, guidata, rafforzata ed amplificata dalla ragione.

Una sociologia metafisica ha un bel pretendere di staccare il «sociale» dal psicologico, per vedervi, scolasticamente, una natura differente; rimane sempre vero che, come dice benissimo il Leuba, «essendo sicuro che i fatti sociali consistono in maniere di fare e di pensare, in ultima analisi essi si esplicheranno in termini psicologici» .

V.

La volontà, l'ideale, l'idea forza, hanno così, non dispiaccia a Marx e a tutti i fatalisti, una funzione capitale nella vita. Questa funzione, fisiologica, proviene dalla natura energetica delle cose. Ogni essere animato è un focolare d'energia, un centro d'attività e d'irradiazione.

L'ideale è l'espressione psichica di questa potenza di espansione che è proprietà innata di ciascuno di noi.

VI.

L'idea, tuttavia, non è pienamente nè sostanzialmente un'ideaforza se non è un'idea giusta. L'ideale non è fecondo e la volontà non agisce efficacemente che sotto la disciplina della ragione: ragione intuitiva all'inizio, ragione esplicita e discorsiva in seguito.

VII.

La ragione raggiunge nell'uomo il suo pieno sviluppo e prende veramente, col dominio delle società, la direzione della vita, per mezzo della parola.

Il diritto, si è detto, è la vera morale umana, e questa morale è figlia della ragione.

La disciplina – teologica, metafisica o scientifica – risulta quindi logicamente dalla concezione dell'universo e della vita, che la nostra ragione sempre più illuminata ci fornisce.

VIII.

La società umana è di essenza giuridica; e bisogna agire per le vie del diritto se si vuole modificarla organicamente. La disciplina morale si continua in disciplina tecnica.

IX.

È così che s'impone, a coloro che vogliono il trionfo del diritto umano, la disciplina del diritto umano.

X.

Questo avvento del diritto umano, questo schiudersi d'una vita nuova, d'una vita veramente umana, ha per prima condizione il ripudio di ogni assolutismo, il decadimento del sistema monetario e dello Stato; l'emancipazione, in una parola, della natura umana, della natura sociale dell'uomo, liberata dalle illusioni autoritarie, dalle pastoie e dagli interventi d'ordine sofistico, che la comprimono, la paralizzano, la falsano e la pervertono.

XI.

Tocca a ciascuno di concorrere col suo sforzo, sia pur modesto, a questa grande metamorfosi, a questa umanizzazione della vita, a questa trasfigurazione del mondo terrestre.

Non devono mancare di far ciò tutti coloro che hanno il senso della dignità umana, tutti coloro che, senza superbia nel cuore, hanno un'anima fiera.

APPENDICI

APPENDICE I.

Estratto da una conferenza tenuta, senza l'autorizzazione della censura imperiale tedesca, il 24 novembre 1915 alla Casa del Popolo di Bruxelles, sotto gli auspici del Comitato Bruxellese d'Educazione Operaia.

La funzione della Forza morale.

Esame critico della concezione materialistica

della Storia.

ESPOSIZIONE DELLA TESI MATERIALISTA.

«Il risultato generale al quale son giunto e che, una volta acquisito, mi ha fatto da filo conduttore nei miei studi, può, in riassunto, essere formulato così:

«Per la produzione sociale dei loro mezzi d'esistenza, gli uomini mantengono relazioni determinate, necessarie e indipendenti dalla loro volontà; relazioni di produzione che corrispondono ad uno stadio determinato di sviluppo delle loro forze produttive materiali. L'insieme di queste relazioni di produzione forma la struttura economica della società, la base reale su cui si eleva una sovrastruttura giuridica e politica e a cui corrispondono forme sociali di coscienza determinate. Il modo di produzione della vita materiale è condizione, in globo, del processo sociale, politico e intellettuale della vita. Non è la coscienza degli uomini che determina la loro maniera d'essere, ma è la loro maniera d'essere sociale che determina la loro coscienza» .

«Le cause determinanti di questa o quella trasformazione, o rivoluzione sociale non devono essere cercate nelle teste degli uomini,... ma nelle trasformazioni della produzione e dello scambio» .

«La soggezione economica dei lavoratori ai possessori degli strumenti da lavoro, vale a dire delle sorgenti della vita, è la causa prima della loro servitù in tutte le sue forme, miseria sociale, avvilimento intellettuale e dipendenza politica».

ESAME CRITICO.

I. – Il materialismo storico confonde condizione e causa.

Prendiamo l'esempio della porta. L'esistenza d'una porta non è la causa, ma la condizione, della mia uscita da questa sala. La causa è nella mia volontà, in un bisogno interiore della mia propria natura, che si traduce in un'ideaforza. Il motore è in me.

Non si tratta qui di libero arbitrio nè di metafisica; si tratta semplicemente di fisica. Noi rifiutiamo ogni metafisica, tanto spiritualista, quanto materialista. Nessuna causa prima, nessuna causa assoluta, ma cause efficienti, ma origini..... Ogni azione cosciente ha un'origine psichica, e ogni azione sociale è un complesso in cui figura, come generatore, il fattore personale.

II. – La reazione personale.

La persona umana, a sua volta, è complessa. L'uomo non è un semplice animale egoista, ma è naturalmente socievole; egli nasce socievole come tutti gli animali bisessuati, e diviene così sempre più sociale , vale a dire suscettibile d'altruismo nello stesso tempo che di egoismo.

Egli è anche dotato di ragione, vale a dire della facoltà di ragionare, di percepire delle astrazioni e di coordinare le sue idee astratte.

Da questa triplice natura dell'uomo derivano, nella condotta dell'attività umana, tre ordini di moventi: moventi egoisti, moventi altruisti, moventi impersonali o ideologici.

Non si tratta qui, notiamolo, di ragion pura, d'idea pura – noi lasciamo queste cose ai metafisici! – ma di dinamica cerebrale. «Dopo i dotti studi di Fouillée e di Tarde, non è permesso d'ignorare che le idee sono delle forze, e le immagini delle suggestioni pressochè ipnotiche» .

III. – Funzione delle ideeforze.

Marx ed Engels credettero di rimettere «sul suo piede» la filosofia sociale dandole per base il fatto materiale creatore dell'idea... Noi non camminiamo solo coi nostri piedi, ma anche con la nostra testa .

Un fenomeno economico non è un fenomeno puramente materiale .

I fenomeni economici, che io sono d'accordo con la scuola di Marx nel considerare come fenomeni fondamentali della struttura e della vita collettiva, implicano elementi ideologici .

Dal momento che un fenomeno è sociale, non è mai puramente materiale .

Non bisogna confondere materialismo, meccanicismo, automatismo, con determinismo .

IV. – Vita e attività autonoma delle idee.

Se dei negri o dei coolies cinesi lavorassero nelle fabbriche tedesche, una democrazia socialista non sarebbe nata, anche supponendo riunite tutte le previe condizioni d'ordine economico .

Altri esempi.

L'economia è base, fondamento, condizione, ma non causa efficiente di tutta la vita sociale.

L'economismo è un determinismo semplicista. Determinismo economico e determinismo senz'altro.

In realtà una «sovrastruttura sociale» nel senso in cui l'intende l'economismo, non esiste. La parola «sovrastruttura» non è in questo caso che un'espressione metaforica e metafisica, illusoria, ingannatrice, che porta dissimulato nei suoi fianchi il sofisma antiideologico. Noi non ammettiamo questo cavallo di Troia. Esiste invece un'armonia organica, in cui le idee, lungi dall'apparire come un caput mortuum, come elemento morto, senza realtà, appaiono, al contrario, come un elemento vivente di vita propria, come una forza autonoma , dappertutto presente ed attiva.

Prove tratte dall'esame analitico: 1.° dei fenomeni politici; 2.° dei fenomeni religiosi; 3.° dei fenomeni morali.

V. – Autonomia crescente del pensiero.

Il grado d'evoluzione intellettuale può essere misurato dal grado d'allontanamento a partire dall'azione riflessa.

Negli uomini primitivi l'immaginazione raramente sorpassa la reminiscenza... Dall'immaginazione riproduttiva, che è la facoltà più antica e meno sviluppata, noi passiamo nei popoli più civili all'immaginazione costruttiva.

L'evoluzione intellettuale, parallela nell'umanità all'evoluzione sociale, di cui
è nello stesso tempo causa ed effetto, è così sotto tutti gli aspetti un progresso
della potenza di rappresentazione del pensiero .

CONCLUSIONE

REALTÀ PROFONDA ED IMPORTANZA CAPITALE

DELLA FORZA MORALE.

I. – Materialismo ed energetismo.

Marx ed Engels hanno chiamato il loro sistema d'interpretazione economica della storia «dialettica materialista». Essi hanno ragione... Che cosa è infatti la dialettica se non la logica delle astrazioni metafisiche? E che cos'è il materialismo se non un'ipotesi metafisica?... .

Ma il materialismo, sotto tutte le sue forme, scompare sempre più, da qualche anno, dinanzi ad una concezione energetica dell'universo e della vita .

II. – Posizione e funzione della morale.

Se bisogna tener conto «dell'azione che esercitano le condizioni economiche sulla morale», non bisogna dimenticare «la reazione che la morale esercita sulle condizioni economiche, la subordinazione finale dello stato economico alla morale», «di modo che il problema sociale non è in fondo che l'aspetto sociale del problema morale» .

Cenno bibliografico pubblicato nella rivista l'Humanité Nouvelle (fascicolo del giugno 1900) per la pubblicazione della prima traduzione francese del l'Unico e la sua proprietà, di Stirner.

L'Unico e la sua proprietà, di Max Stirner; traduzione e prefazione di Henri Lasvignes; vol. in8, XXIX471 pagine; 7 franchi; edizione della Revue Blanche; Parigi 1900.

La bibbia dell'Individualismo solipsista, dell'egoismo assoluto.

Qualcuno mi diceva ultimamente, chiudendo questo libro: «Nei manicomi c'è della gente come questa, che vi dice: «Io sono Dio Padre e il mondo è mio».

Bisogna confessare che in questo scherzo c'è un gran fondo di verità. Infatti in quest'opera manca la sanità, nella sua più alta espressione: sanità intellettuale, sanità morale. Il delirio metafisico vi regna da un capo all'altro. È la Somma d'un teologista dell'Io.

Essa si basa intieramente sull'illusione egoistica, sulla vecchia concezione assolutista dell'Io, sull'antinomia kantiana tra il soggettivo e l'oggettivo.

Un'espressione corrente traduce perfettamente la filosofia, lo stato d'animo e di spirito di Stirner: egli si crede il centro del mondo... Ed egli si pone in guerra coll'umanità; e dà all'ideale umano, all'idea umanitaria la taccia di nominalista.

Egli ha l'idea fissa dell'autorità individuale, della sua individualità; è in fondo la vecchia illusione, la vecchia chimera del Libero Arbitrio.

E questo conduce logicamente, come principio di condotta, all'egoismo più assoluto, a una specie di Cinismo rapace, all'«hooliganisme» (mi si permetta questo neologismo assai caratteristico) in tutto il suo splendore.

Di tutto ciò la scienza ha fatto o è sul punto di far giustizia. La psicologia nuova, la psicologia positiva e scientifica, ha rimesso l'Io – come idea e come parola – tra gli accessori usati dai metafisici, e l'ha sostituito con la nozione trasformista, evoluzionista, della «personalità», sostituendo così il problema del carattere a questo problema sofistico della priorità dell'Io o del non Io, del soggettivo o dell'oggettivo, dell'individuo o dell'ambiente, – degno corrispondente del celebre e palpitante problema dell'uovo e della gallina.

La spiegazione egoistica della vita – come la spiegazione fatalista – cade dinanzi alla scienza contemporanea, per far posto alla spiegazione naturalista e determinista.

L'antinomia kantiana si risolve nel monismo fisicologico, che sarà la filosofia dell'avvenire, mentre gli individui prendono sempre più coscienza che gli antagonismi devono fondersi nella grande sintesi umana.

Dunque: «Diveniamo coscienti»; sì, diveniamo coscienti della falsità e dell'impraticabilità della teoria dell'Egoismo assoluto; comprendiamo che questa filosofia, quest'etica, semplicista ed assurda, deve far posto ad una filosofia, ad una morale d'equilibrio e d'equità che lasci all'altruismo la sua parte legittima e naturale nel governo della vita umana.

«Possediamo noi stessi»; sì, possediamo noi stessi e sviluppiamo la nostra personalità, la nostra dignità, la nostra superiorità, la nostra umanità. Non disconosciamo la nostra funzione più elevata: la funzione umanitaria. Riconosciamo l'esistenza del grande organismo collettivo di cui noi siamo, per natura, le cellule integranti. Siamo personali; ma siamo anche uomini e siamo umani.

FINE.